MODERN FANTASTIC STORY

전설의
박선우 현대 판타지소설

투자가

전설의 투자가 2

박선우 현대 판타지 소설

초판 1쇄 찍은 날 § 2020년 8월 13일
초판 1쇄 펴낸 날 § 2020년 8월 20일

지은이 § 박선우
펴낸이 § 서경석

총괄팀장 § 노종아
편집책임 § 김예슬
디자인 § 공간42

펴낸곳 § 도서출판 청어람
등록번호 § 제387-1999-000006호
등록일자 § 1999. 5. 31
어람번호 § 제1-3076호

주소 § 경기도 부천시 부일로 483번길 40 서경B/D 3F (우) 14640
전화 § 032-656-4452 팩스 § 032-656-4453
http://www.chungeoram.com
E-mail § chungeorambook@daum.net

ISBN 979-11-04-92232-9 04810
ISBN 979-11-04-92230-5 (세트)

청어람
도서출판

MODERN FANTASTIC STORY

전설의 ②

박선우 현대 판타지소설

투자가

전설의
투자가

목차

제13장 운명이라면 받아들인다   7

제14장 여우가 곰을 잡는 방법   43

제15장 정의로운 세상은 없다   67

제16장 세상 참 재밌어   113

제17장 인연 만들기   149

제18장 지배자들   217

제19장 무너지는 세계   253

제13장
운명이라면
받아들인다

"병웅 씨, 요즘 인기 짱이야. 우리 회사 여자애들도 완전 미쳤어."

"그 정도야?"

"폭발이지. 당장 가수로 데뷔해야 된다고 난리들이 아냐."

"가수라……."

"생각 있어?"

이병웅이 가수란 말에 거부반응을 보이지 않자 정설아의 눈이 동그랗게 변했다.

하지 않을 거라 생각했다.

최고의 스펙을 가진 남자고, 곧 있으면 펜실베이니아에 유학을 갈 남자가 가수를 한다는 건 말이 되지 않기 때문이다.

하지만 이병웅의 입에서 나온 말은 전혀 예상치 못한 것이었다.

"나는 노래를 사랑했지만, 오랜 시간 노래를 할 수 없었어. 그래서 기회가 된다면 하고 싶어."

"공부는 어쩌고?"

"같이해야지. 물론 유학 가기 전까지만."

"나는… 병웅 씨가 그런 생각을 가졌을 거라고는 꿈에도 상상하지 못했어. 하지만 이야기를 듣고 보니 괜찮을 것도 같아. 사람은 하고 싶은 일은 해야 돼."

"고마워."

"성공할 거야. 병웅 씨는 특별하니까."

"뭐가 특별해?"

"여자들이 지금 미치는 건 노래 실력도 뛰어나지만, 결국은 병웅 씨가 가지고 있는 마력 때문이야. 병웅 씨는 사람을 한꺼번에 확 끌어당기는 마력이 있어."

"이렇게?"

이병웅이 장난스럽게 정설아의 몸을 끌어안았다.

그녀가 바로 품으로 들어왔다.

기다렸던 것처럼.

품으로 들어온 그녀를 따뜻하게 감싸 안은 채 촉촉하게 젖어 있는 그녀의 입술을 향해 다가갔다.

눈을 감는다.

그녀는 키스를 할 때마다 여운을 즐기기 위함인지 언제나 눈을 감았다.

"누나, 걔들 아직이야?"

"모든 작전주는 털고 나가는 데 최소 3개월 정도 걸려. 내리고 올리고를 계속 반복하면서 아무도 눈치채지 못하도록 만들어야 되거든. 더군다나, 걔들이 만진 소형주는 코스닥 중에서도 가장 소형주에 해당되기 때문에 바짝 신경을 곤두세워야 해."

"200만 주라고 했지?"

"응."

2,500원부터 시작해서 현재의 주가는 5,100원.

6,200원까지 올렸다가 다시 4,300원으로 내리면서 롤러코스터를 반복했다.

그 와중에 개미들은 달라붙었다가 떨어져 나갔고, 주가가 상승하면 더 강하게 매수에 동참해 왔다.

이것이, 증권가에서 말하는 개미핥기다.

이병웅이 가슴을 만지자 정설아가 상체를 꿈틀거렸다.

자극이 전해지자 몸이 여지없이 반응했다.

"그럼 아직도 많이 기다려야 돼?"

"내가 봤을 땐 그래. 아직 거기 대주주도 주식을 던지지 않았어. 그 말은 더 올리겠다는 심산이야."

"대주주는 왜?"

"그자도 놈들과 한패야."

"작전하는 놈과 대주주가 짜고 치는 판이라는 얘기네."

"원래 작전 세력이 최소 50% 이상 던지고 나서 대주주가 해먹을 수 있도록 이면 계약을 해. 대주주가 주식을 던졌다는 소식이 전해지면 주가가 출렁이니까, 대부분 그런 약속을 하고 진행하는 거야."

"아주 재밌어. 선량한 사람들의 돈을 뺏어먹기 위해 별짓을

다 해. 이러니 개미들이 살아남기 힘들지."

"그것 역시 욕심 때문이잖아. 욕심을 부리지 않으면 그렇게 당할 일도 없어. 거기에 참여하는 사람들 역시 한탕의 꿈에 사로잡힌 사람이야. 그러니 누구를 원망하겠어?"

"하긴, 그런 사람들이 없다면 나 같은 사람들도 돈을 벌 수 없을 거야. 어떤 방법을 쓰든 내가 돈을 번다는 건 또 다른 누군가의 돈을 뺏는다는 거니까."

"빙고."

"그게 자본주의 사회지. 신용화폐가 가져온 아주 지랄 같은 구조."

"나는 언제 데려갈 거야?"

"하루라도 빨리 데려오고 싶지만, 지금은 그럴 수 없어. 이제 본격적으로 투자자들을 끌어모을 거야. 누나를 모셔 오려면 자금을 만들어 놔야 되잖아."

"얼마나 생각해?"

"최소 1,000억. 올해가 가기 전까지. 그 정도는 되어야 본격적인 장에서 누나가 힘을 쓰지."

"자신 있어?"

"물론. 자신이 없으면 시작도 안 했어."

"알아, 병웅 씨는 정말 뛰어난 사람이야. 하지만 조심해야 해. 돈은 귀신도 불러오고 재앙도 불러와. 난, 병웅 씨가 다칠까 봐 겁이 나."

"그럴 리는 없을 거야."

이병웅의 손이 가슴에서 천천히 아래로 내려갔다.

그러자 정설아의 몸이 다시 꿈틀거리기 시작했다.

"나한테는 김철기 씨한테 투자받은 돈이 70억 있어. 최소 100% 이상 수익률을 내 준다고 약속도 했지. 누나, MSCI(모건스탠리 투자 비중)가 이맘때쯤 바뀌지 않아?"

"정말… 그건 또 어떻게 알았대?"

"그자들은 3년마다 한 번씩 신흥국의 투자 비중을 바꾸잖아."

"맞아. 하지만 지금은 아니야. 곧 결정할 거란 정보는 들어와 있는데, 정확한 시기는 아직 몰라."

"MSCI가 이전에는 중국과 인도 쪽으로 넘어갔으니까, 이번엔 분명히 우리 쪽으로 올 거야. 놈들은 돌려 가면서 양털 깎기를 해 처먹잖아."

"휴우, 병웅 씨는 증권가에 들어오면 금방 날아다니겠다. 그런 건 웬만한 팀장급들도 예측하지 못하는 건데 학생이 벌써 꿰차고 있다니 정말 놀라워."

"칭찬, 땡큐."

"걔들은 작은 놈은 쳐다보지 않아. 반도체나 자동차, 그리고 디스플레이 쪽이 주 타깃이겠지. 그래서 우리 회사 쪽에서도 상황을 지켜보는 중이야. 이번에 들어오면 최소 3조 이상일 테니 주식과 옵션을 동시에 걸면 대박을 터뜨릴 수 있거든."

"오케이, 그럼 이제 시기만 알면 되겠구나."

"어쩔 생각이야?"

"같이 올라타야지. 한국을 ATM기로 여기는 놈들의 등에 올라타서 멋들어지게 한탕 하면 100% 수익률은 금방 끝낼 수 있어."

지금은 시작에 불과하지만 꿈은 반드시 이루어진다.

과거의 나였다면 망상에 불과했을 테지만, '밀애'가 손으로 들어오고 외모가 변한 이상 모든 것이 가능하다.

세상을 틀어쥔다.

그 누구도 내 앞에서 고개를 들지 못하도록 세상에서 가장 강한 인간이 될 것이다.

                    *   *   *

"이병웅 씨, 안녕하십니까."

정설아와 헤어져 집에 도착했을 때, 아파트 주차장에 세워졌던 고급 승용차에서 한 남자가 내리더니 급하게 다가왔다.

"그런데, 누구시죠?"

"저는 기획사 '창공'의 대표 김윤호라고 합니다. 잠시 시간을 내주실 수 있을까요?"

창공의 대표 김윤호.

텔레비전에서 자주 나왔던 사람이니 모를 수가 없다.

그의 외모는 젠틀했기 때문에 방송에 출연할 때마다 화제가 되곤 했다.

현재 기획사 랭킹 부동의 1위 '창공'.

100여 명의 가수와 탤런트, 영화배우, 개그맨들이 포함되어 있었는데, 그중 스타가 아닌 사람이 없을 정도였다.

'창공'이 랭킹 1위가 된 결정적인 이유는 신인들을 발굴하지 않는 대신, 대중의 인기를 한 몸에 받고 있는 스타들을 영입해서 아성을 구축했다는 것이다.

누구도 넘볼 수 없는 아성.

그 아성이 주는 메리트는 스타들에게 마약과 같은 것이었다.

일단 '창공'에 소속되었다는 것 자체가 스타들에겐 자존심이었고, 김윤호는 스타들의 이미지 관리부터 스케줄까지 완벽하게 통제했기 때문에 인기의 지속성이 다른 기획사에 비해 월등했다.

"무슨 일이시죠?"

"저는 이병웅 씨를 저희 기획사에 스카우트하고 싶어서 왔습니다. 가까운 커피숍으로 모실 테니 상세한 이야기는 거기서 하시는 게 어떻습니까?"

차가 좋다.

벤츠 S-500.

기사가 운전한 차가 굴러가는 소음은 전혀 없었고, 몸의 흔들림도 느껴지지 않았다.

사거리 커피숍에 도착한 그들이 가게 안으로 들어가자 수많은 사람들의 시선에 한꺼번에 다가왔다.

김윤호가 그 모습을 보면서 슬쩍 인상을 찌푸렸다.

너무 경솔했다.

커피숍에 있는 대부분의 사람들이 이병웅의 모습을 보자마자 즉시 알아봤는데, 어이가 없을 정도였다.

"어머, 그 사람이야. 이병웅!"

"실물로 보니까 정말 잘생겼다. 마치 몸에서 빛이 나는 것 같아."

"저 눈 봐……. 마치 호수 같아."

여자들이 떠드는 소리가 고스란히 들려왔다.

고작 한 번 방송에 출연한 일반인을 알아보는 경우가 있다는 게 신기할 정도다.

지금까지 연예 기획 쪽에서 20여 년을 굴렀지만, 이런 경우는 처음이다.

자신은 '창공'을 운영하면서 자주 방송에 출연했고 상당한 이미지를 구축했음에도 사람들이 알아보는 경우가 그리 많지 않았다.

사람은 자신이 보고 싶은 것만 보는 경향이 있고, 요즘처럼 개인화가 발달한 사회에서는 가급적 타인에게 관심을 두지 않는 특성이 있기 때문이다.

실검 6일 연속 1위.

그 기간 동안 방송국에서 제공한 동영상 클릭 숫자가 510만.

대한민국을 대표하는 가수가 경연 대회에 나왔을 때의 클릭 숫자와 비교해도 손색이 없는 숫자였지만, 이병웅은 일반인에 불과했다.

그럼에도 대부분의 사람들이 알아본다는 것은 그가 지닌 외모의 특별함 때문일 것이다.

먼저 움직여 자리를 잡은 김윤호가 입을 열었다.

"이병웅 씨, 인기가 많으시네요."

"부끄럽습니다."

"방송을 탄 후 이렇게 된 겁니까, 아니면 평소에도 이렇게 인기가 많았습니까?"

"어떨 것 같나요?"

질문을 하는 김윤호를 향해 이병웅이 싱긋 웃었다.

그가 찾아온 이유는 빤하지만 조금은 의외다.

자신이 알기로 '창공'은 신인을 스카우트하지 않을뿐더러, 김 윤호가 직접 나서는 경우도 거의 없다고 알려져 있었다.

장난스러운 질문이 아니다.

그는 정말 이병웅의 평소 상황을 알고 싶어 한 것 같았다.

그럼에도 장난으로 받은 것은 그가 어떻게, 어떤 마음으로 자 신에게 왔는지 알아보기 위함이었다.

"이병웅 씨처럼 잘생긴 남자는 언제나 주목을 받죠. 분명 꽤 나 시선을 끌었을 것 같네요."

"그 정도가 아닙니다."

"그럼요?"

"저를 본 여자들은 절 오랫동안 잊지 못할 거예요. 저에겐 그 런 능력이 있으니까요. 보세요, 저 사람들이 저를 보는 시선에서 그저 잘생긴 남자를 보는 것 같나요?"

"음……."

김윤호의 입에서 긴 신음 소리가 흘러나왔다.

무슨 소린지 금방 눈치챘기 때문이었다.

유명한 가수나 영화배우를 데리고 있는 그는 팬들의 시선을 수없이 봐 온 사람이다.

팬들은 가수나 영화배우를 보게 되면 환호하고 열광하며 사 진 찍기 바쁘다.

전혀 자신들과 다른 세상에서 살아가는 사람에 대한 환상과 그 순간을 기억하기 위함이다.

하지만 지금 이병웅을 바라보는 여자들의 시선은 그런 것들과 확연하게 달랐다.

뭔가에 홀려 있는 눈빛들.

뭔가를 갈구하는 시선들.

그것은 분명 여자들만이 지닌 남자에 대한 환상과 동경, 그리고 이병웅에 대한 호감이었다.

도대체 이놈은 뭘까?

이런 건 절대 그냥 나타날 수 있는 현상이 아니다.

"무슨 뜻인지 알겠습니다."

"자, 그럼 저한테 오신 이유를 말해 주세요."

"아까 오면서 말한 것처럼 저는 이병웅 씨를 스카우트하고 싶습니다. 연예인들이 전부 원하는 '창공'으로 말입니다."

"저는 아직 학생입니다. 그리고 몇 년 안에 유학을 가야 하는 상황이에요. 그래도 괜찮을까요?"

"유학을 간다고요? 어디로 말입니까?"

"미국, 펜실베이니아."

"헉!"

김윤호의 안색이 누렇게 떴다.

펜실베이니아.

오면서 이병웅에 대한 프로필을 달달 외웠다.

S대 경영대의 수재, 그것도 입학 수석에 3년 내리 전체 수석을 놓치지 않은 천재.

아무리 그래도 그렇지.

세계에 유수한 대학들이 많지만, 경영 쪽이라면 단연 펜실베이니아가 최고라는 걸 그도 알고 있었다.

그런 대학에 유학을 간다니 믿기지 않았다.

이게 사실이라면 정말 대박이다.

"가시는 건 확정된 건가요?"

"예, 저희 은사께서 2년 후에 갈 수 있도록 이미 추천장을 써준 상태입니다."

"은사라면 누구?"

"최철환 교수십니다."

이병웅의 입에서 최철환이란 이름이 나오자 김윤호의 얼굴색이 또다시 변했다.

대한민국이 자랑하는 최고의 경제학자 최철환 박사.

그 사람이 추천을 해!

김윤호의 머리가 무섭게 회전하기 시작했다.

최철환 교수의 추천으로 펜실베이니아를 간다면 이 친구는 학자로 남을 가능성이 컸기 때문이었다.

"교수가 꿈인가요?"

"아닙니다."

"그럼?"

"저는 세상에서 제일가는 부자가 되는 게 꿈입니다."

"후우……."

또 엉뚱한 대답이 나왔다.

어릴 적 초등학교 다니던 자신의 꿈이 그랬다.

하지만 그게 어디 이루어질 수 있는 꿈이던가.

지금은 누구도 부정하지 못할 정도로 성공했지만, 세상에서 제일가는 부자는 별나라 이야기나 다름없는 것이다.

"병웅 씨, 꽤 재밌는 사람이네요."

"저는 그런 사람입니다. 대충 저에 대한 설명을 했으니 이제 공은 사장님한테 넘어갔네요. 그래도 여전히 저를 스카우트하실 생각인가요?"

"설명을 듣고 나니 더욱 하고 싶습니다."

"조건은 가져왔나요?"

"계약금으로 5억. 수익 구조는 7:3."

"사장님, 미안하지만 지금 다시 저 사람들 시선을 봐 주시겠습니까?"

"무슨……"

이병웅이 고개를 돌려 자신을 바라보고 있는 사람들 쪽으로 고개를 돌렸다.

그러자 김윤호가 고개를 돌렸다가 다시 한번 긴 신음을 흘려냈다.

사람들이 시선을 피하지 않았기 때문이었다.

사람은 몰래 훔쳐보던 사람과 시선이 부딪치면 본능적으로 눈을 돌리게 되어 있으나, 지금 커피숍에 있는 여자들은 그럴 생각이 전혀 없는 것 같았다.

사람들의 시선을 확인한 김윤호가 다시 고개를 돌려 이병웅을 바라봤다.

이놈.

정말 볼수록 물건이다.

"어떤 조건을 원하죠?"

"저는 창공과 계약을 하더라도 제가 원할 때만 노래를 하겠습니다. 업소를 뛰는 건 당연히 안 할 것이고, 방송 출연도 제 시간이 허락할 때만 하겠다는 뜻입니다. 아시는 것처럼 저는 학생이고 시간이 별로 없는 사람이거든요."

이병웅의 말에 김윤호의 입술 끝이 올라갔다.

이 천둥벌거숭이 같은 놈이.

오랜 사업 감각을 통해 이병웅의 엄청난 스타 가능성을 확인했기에 직접 찾아온 길이었다.

그런데, 뭐라고!

놈의 얼굴을 확인했다.

그러나 일을 하고 싶을 때만 하겠다는 놈의 말은 결코 장난이 아니었다.

눈이 그렇게 말하고 있었으니까.

그랬기에 그동안 여자를 꼬시는 것처럼 살랑거리던 웃음을 얼굴에서 지웠다.

"그런 말도 안 되는……. 병웅 씨 눈에는 기획사가 장난으로 보입니까? 당신이 학교를 다니는 것처럼 우리는 목숨을 걸고 노래를 부르며 연기를 합니다. 계약을 하지 않겠다면 나도 더 이상 매달릴 생각은 없어요."

"아무래도, 사장님은 저를 아직도 잘 모르는 것 같네요. 당연히 기획사가 스카우트하려는 의도는 돈을 벌기 위해서죠. 어느 분야라도 최선을 다하지 않는다면 도태되고 사람들의 기억 속에서 사라진다는 거 잘 압니다. 그러나 나는 업소를 뛰고 기획사가 마련한 스케줄에 따라 움직이는 꼭두각시가 되고 싶지 않습니다. 왜냐하면… 나는 내가 원하는 순간 대중 앞에 나서는 것만으로 '창공'의 간판스타가 될 자신이 충분하니까요."

"당신, 참 재밌는 사람이군요."

"믿기지 않고 손해 보는 장사라는 생각이 드신다면 그냥 가셔도 됩니다. 대신 조건을 다시 걸죠. 투자할 돈이 아까워서 망설이는 것이라면 계약금은 필요 없습니다. 저 역시 그런 코 묻은 돈은 필요 없거든요."

"정말… 계약금이 필요 없단 말입니까?"

"그렇습니다. 매니저도 필요 없고, 차도 필요 없습니다. 그러나 수익 조건은 바꿔야겠죠. 9:1. '창공'에서는 손해 보는 장사가 아닐 겁니다. 아무것도 투자하지 않고 그저 제가 원하는 시간에 스케줄만 잡아 주면 되니까요. 어떻습니까, 이제 구미가 당기시나요?"

"끄응."

도대체 이놈의 진의가 뭘까?

'창공'은 소속된 연예인의 인기 유지를 위해 다른 어떤 기획사보다 막대한 투자를 아끼지 않는다.

그것이, '창공'의 매출을 올리는 수단이고, 삶의 원칙이기 때문이다.

그런 '창공'의 경영 전략을 단박에 부숴 버리고, 이병웅은 자신의 입맛에 따르라는 압박을 가해 왔다.

당연히 손해는 보지 않을 것이다.

이병웅이 성공할 거란 확신도 없는 상태에서 거액의 계약금이 생략된다는 건 회사 입장에서 꽤나 유리한 조건이다.

하지만 왠지 아쉬움이 몰려왔다.

이병웅의 빛나는 얼굴, 그리고 방송 장면을 수없이 돌려 보며 느꼈던 압도적인 존재감을 생각한다면 계약금은 아무것도 아니었다.

만약, 거부한다면?

'창공'의 대표로서 이런 조건을 받아들인다면 다른 기획사에서 낄낄거리며 웃을 것이다.

그럼에도 거부할 수가 없다.

이병웅의 눈을 볼 때마다 느껴지는 환상.

그 환상은 이병웅이 무대에 설 때마다 미친 듯이 환호하는 관객들의 영상이었다.

"좋습니다. 받아들이겠습니다. 그러나 우리 '창공'은 결코 이병웅 씨를 방치하지 않을 겁니다. 매니저는 물론이고 최고급 차량과 각종 협찬, 필요하면 숙소까지 제공해 드리겠습니다. 그러니, 언제든지 말씀만 해 주십시오."

*   *   *

개학이 되자 또다시 학교생활이 시작되었다.

그러나 이병웅은 이전과 다르게 수업이 모두 끝나면 사무실로 직행했다.

거기서 공부를 했고 현재 진행되는 정치, 경제, 금융의 진행 상황을 매일 체크했다.

홍철욱과 문현수도 마찬가지였다.

그들은 아르바이트란 명목이 있었기에 이병웅이 귀를 끌면 어쩔 수 없다는 듯 따라왔다.

하지만 강요에 의한 것이 아니라 거의 자발적이다.

사무실에 들어온 이후 그들은 이병웅이 전해 주는 세계경제의 흐름과 금융의 마법에서 벗어나지 못했다.

"브렌트 유가의 흐름이 심상치 않아. 이거 왜 이러지?"

"왜 그런 것 같아?"

"지금 산유국들이 석유 생산량을 늘리지 않고 있잖아. 그러니 당연히 유가가 올라가는 거 아니겠어?"

"철욱이 말은 반만 맞았어."

문현수 대신 홍철욱이 나서 대답을 하자 이병웅이 빙긋 웃었다.

이런 사실을 안다는 것만으로도 대단한 발전이다.

만약 놈들이 사무실에 출근하지 않았다면 학교에서 미팅이나 하고 있을 테니 세계경제의 흐름에 대해서는 알지 못했을 것이다.

"또 다른 이유가 있단 뜻이네?"

"유가의 흐름을 알기 위해서는 달러 지수와 세계경제 지표 상황을 파악해야 해. 지금 세계경제는 속으로 곪고 있지만 외형적으로는 최대 호황인 것처럼 위장되어 있어. 따라서 사람들의 소비가 줄지 않고 있지. 대충 무슨 뜻인지 알겠어?"

"공급은 그대로인 상태에서 유가가 떨어지기 위한 조건. 즉 소비가 줄지 않기 때문이다?"

"빙고."

"그것만으로는 설명이 조금 부족한 것 같은데?"

이번에 나선 것은 문현수였다.

그 역시 급속도로 경제를 바라보는 눈이 높아지고 있었다.

"당연하지, 산유국들이 석유를 증산하지 않는 이유가 있어. 그들은 현재의 유가를 내리고 싶어 하지 않아. 왜냐하면, 증산해서 많이 파는 것보다 석유량을 조절해서 고유가를 만드는 게 훨씬 유리하거든."

"결국 이득을 따진 거네."

"미국이 지랄하는 게 그 이유였어. OPEC에 석유를 증산하라고 압박 중이잖아."

이번에는 홍철욱이 정치를 연관시켰다.

역시, 비상한 놈들이다.

"그럼에도 중동 국가들이 버텨. 왜 그러는 것 같아?"

"그건 모르겠다. 뭐냐?"

"지금 중동은 최장 기간 평화를 유지해 오고 있어. 미국의 입김이 발휘되는 건 전쟁의 공포에 사로잡혀 있을 때뿐이지."

"아하, 미국이 자꾸 이란을 씹어 대서 긴장을 고조시키는 게 그런 이유였어?"

"빙고."

"하여간, 세상이 온통 사기꾼 놈들뿐이구나."

이병웅이 설명해 주자 두 놈이 동시에 눈을 번뜩이며 이빨을 드러냈다.

빠르다, 그리고 금방 세상 돌아가는 상황에 대해서 한 템포 앞서 나간다.

"향후, 유가는?"

"계속 올라갈 가능성이 농후해. 내 생각에는 조만간 2배 이상 오를 것 같다."

"그렇게나?"

"미국이 계속 씹어 대도 이란은 자국 내 사정 때문에 대항할 기력이 없어. 한 놈이 고개를 팍 수그리면 미국 혼자 지랄해도 긴장은 고조되지 않아. 그럼 OPEC은 미국이 아무리 압박해도 증산할 생각을 하지 않을 거야."

"석유 소비가 줄어든다면?"

"당분간 그런 일은 없어. 지금 중국 경제가 폭발하고 있는 중이야. 유가 상승의 원인 중 가장 큰 게 그거지. 중국이 성장을 멈추지 않는 한 석유 소비량은 결코 줄어들지 않을 거다."

"그렇다면, 석유에 투자를 해야겠네."

"콜."

"얼마나?"

"천하에 투자된 돈이 이제 5억이 되었어. 조금만 기다리면 10억까지 그냥 올라갈 거야. 그걸 처분해서 그대로 석유 선물에 투자할 거다. 그리고 김철기 회장의 자금 중 일부도."

"확신한다면서 왜 그 정도만 투자해?"

"원자재 투자는 호흡이 길어, 거기에만 목매달고 있을 순 없다."

"호흡이 짧은 거. 치고 빠지는 거라면 주식과 선물 옵션?"

"그렇지. 어제 누나한테 정보가 들어왔다. 일주일 후부터 MSCI가 한국 쪽으로 투자를 늘린다는 거야. 3%를 늘린다니까 최소 3조 이상이다."

"헉, 우리나라 주가가 꽤 오르겠네."

"MSCI 자금이 들어오면 주가도 오르지만, 선물 옵션에서 대박이 터져. 우린 그걸 노린다."

"씨발, 같이 공부했는데 우린 왜 이렇게 모르는 게 많냐. 자금이 들어오면 주가가 오르는 건 당연한데 선물 옵션은 왜 대박이 나는 거야?"

"외국인들이 이 좋은 기회를 놓칠 리 없으니까. 현재 우리나라 시장은 3파전을 벌이고 있다. 개인과 외국인, 그리고 기관. 그런데 재밌는 건 매번 외국인한테 깨진다는 거야. 그게 왜 그러는지 알아?"

"모르니까 그냥 말해. 우린 초등학생이라 생각하고 가르쳐 줘, 당분간. 사람 될 때까지!"

홍철욱이 답답하다는 듯 소리를 질렀다.

당연한 현상이다.

같은 나이, 같은 학교 학생이다.

그럼에도 이토록 수준 차이가 나는 게 억울해서 당장에라도 칼을 물고 싶은 심정일 것이다.

"우리나라 시장은 삼전과 현태차, 그리고 포스코만 때려잡으면 주가를 조절할 수 있다. 그 말은 선물과 옵션을 지들 마음대로 움직일 수 있다는 뜻이야."

"정말 그래?"

"앞으로 공부를 많이 해야 된다. '제우스'의 브레인들로서 세계 시장을 잡아먹으려면 뼈를 깎는 노력이 필요해. 한국의 주식시

장은 미국이나 유럽에 비하면 장난이야. 그러니까 먼저 한국시장
의 패턴부터 배워 봐."

"무슨 소리냐?"

"제우스의 목표는 세계다. 난 '제우스'를 세계 최고의 투자 집
단으로 키울 생각이야. 너희들은 그 선봉이고."

"이 자식아, 난 유니콘에서 스카우트 제의가 들어와 있어. 철
욱이는 세일에서 왔고."

"단, 보름 만에 너희들이 배운 걸 생각해 봐. 거기에서 이런
걸 배울 수 있겠어? 꿈을 크게 가져. 한국 기업에서 아등바등하
며 샐러리맨으로 사는 것보다 나와 함께 세계를 씹어 먹는 게
훨씬 재밌을 거야."

*   *   *

필립스곡선.

이번 수업을 통해 배운 필립스곡선은 인플레이션과 실업률의
상관관계를 설명하는 도표로서 인플레이션이 증가할수록 실업
률이 저하된다는 경제 법칙이다.

하지만 교수는 1980대부터 필립스곡선에 이상 변화가 생기고
있다며 그 원인을 아직까지 밝혀내지 못하고 있다는 말로 수업
을 끝냈다.

이병웅은 눈을 감고 생각에 잠겼다.

어쩌면 당연한 법칙이다.

인플레이션이 생긴다는 건 물건값이 상승한단 뜻이고, 그건

기업의 이윤이 증가한다는 것이니 고용이 잘된다는 뜻이다.

실업률의 저하는 고용률과 반비례하는 것이니 당연히 낮아지겠지.

그런데 어느 순간부터 이상 현상이 조금씩 생긴다고 한다.

왜?

언제나 의문이 생기면 그냥 넘기지 않았다.

그랬기에 남보다 더 많은 걸 공부했고, 더 많은 자료를 수집할 수 있었다.

그것이 그가 같이 배우면서 남들보다 비교할 수 없을 정도로 뛰어난 지식을 갖게 된 배경이다.

"안 일어나?"

"응?"

"이 자식아, 수업 끝난 지 10분도 넘었어. 빨리 가자, 우리 투자해 놓은 거 확인해야 되잖아. 오늘 세계경제는 어떻게 돌아갔는지 궁금해서 죽겠어."

홍철욱이 더 이상 기다리지 못하고 이병웅의 등짝을 두들겼다.

뭔가 의문이 생기면 눈을 감고 생각하는 버릇이 있다는 걸 알지만, 10분이 넘어가자 더 이상 견딜 수 없었기 때문이었다.

"미안, 가자."

"너 필립스곡선 생각한 거지?"

"응."

"그래 뭔가 알아냈어?"

"아직, 그런데 뭔가 감이 오긴 해."

"씨발, 미치겠네. 난 필립스곡선 도표만 봐도 정신이 혼미하던데. 교수도 이해하지 못하고 있다는 문제점에 감이 온다고?"

"냅둬라, 이 새끼가 정상이냐. 얘는 비정상이니까 정상인 우리끼리 웃으며 살자."

두 놈이 팔짱을 낀 채 어이없다는 표정을 지우지 못했다.

필립스곡선의 결론은 간단했지만, 그 속에는 그 결론을 끌어내기 위한 수많은 자료와 경제법칙들이 담겨 있었기 때문에 수업을 들으며 머리가 뱅뱅 돌 정도였다.

그런데 이병웅은 벌써 그걸 다 이해하고 문제점에 대해서 고민까지 한다니 미치고 펄쩍 뛸 노릇이었다.

그럼에도 이젠 그러려니 했다.

그동안 한두 번 당해 봤나.

"어라, 쟤는 왜 안 가고 저기에 있어?"

"누구?"

"한서정, 저기 창밖에 서 있는 거 안 보여?"

"그러네. 누굴 기다리는 것 같은데?"

"날 기다리는 거야."

친구들의 의문에 이병웅이 해답을 줬다.

그러자, 두 놈의 표정이 단박에 변했다.

"쟤가 널 왜 너를 기다려?"

"내가 너희들한테 약속한 거 지켰거든."

"우리한테 네가 뭘 약속했는데?"

"한서정이 스스로 옷을 벗게 만들겠다는 약속. 벌써 잊었어?"

한서정은 오랫동안 방황을 했다.

그와 함께했던 시간들.

그리고 느꼈던 전율과 여자로서의 쾌감이 머릿속에서 떠나지 않았다.

이병웅의 모습이 바뀐 후부터 저절로 시선이 가는 걸 막을 수 없었다.

그의 바뀐 모습은 너무나 눈부셔서 바라보는 것만으로 가슴이 뛸 정도였다.

그럼에도 다른 여학생들처럼 다가가 말을 붙이지 못했다.

자신이 착한 여자가 아니란 건 안다.

그래도 다른 사람들의 시선까지 완전히 무시하고 뻔뻔하게 다가가기엔 그에게 했던 행동들이 너무나 잔인했다.

그런 시간이 지나가고 방학이 시작된 지 얼마 안 되었을 때, 우연히 만난 그는 저녁을 먹자며 그녀를 이끌었다.

누가 먼저랄 것도 없이 서로의 몸을 탐했다.

죽고 싶을 정도로 미치도록 행복한 시간이었다.

살아오면서 꽤 많은 남자를 사귀었지만, 그런 전율은 한 번도 느끼지 못한 것이었다.

그날 이후로 그의 몸을 생각만 해도 아랫도리가 후들거렸다.

화해?

절대 화해를 한 것은 아니다.

그때는 분위기에 취해 이병웅의 말에 이끌렸지만, 이성을 찾고 생각하자 절대 그렇지 않다는 사실을 알게 되었다.

한 번, 두 번.

전화를 할 때마다 받지 않는 그의 태도에서 자신의 판단이 맞다는 게 증명되었다.

그럼에도 전화를 했고 카톡을 보내며 그를 잊지 못했다.

왜냐고?

그를 다시 한번 안아 보고 싶었다.

자신도 모르게 눈물이 났다.

왜 우는 걸까.

울면서도 그 이유를 정확히 알지 못했지만, 하루하루 눈물이 쌓인 후에야 그 이유를 알게 되었다.

자신의 눈물은 감정의 눈물이 아니라 몸의 눈물이었다.

그를 다시 한번 안게 해 달라는 육체의 몸부림이 눈물이 되어 나온 게 분명했다.

그랬기에 결심하고 학과 사무실에서 그의 집을 알아내어 찾아갔다.

한 번만, 단 한 번만이라도 그를 다시 안아 볼 수만 있다면 다시는 이렇게 비참한 짓은 하지 않을 것 같았다.

하지만 그를 만날 수는 없었다.

초인종을 두 번이나 눌렀으나 이병웅이 없다는 대답만 돌아왔다.

그러다가 텔레비전에 출연한 이병웅을 본 후 미치는 줄 알았다.

방송에 출연한 여자 패널들의 반응은 폭발적이었고 방청석 쪽도 난리가 아니었다.

그의 노래와 기타 실력은 압권이었다.

보고 싶었던 얼굴.

인터넷에 올라온 동영상을 반복해서 봤고, 그와 관련된 글들도 전부 찾아봤다.

그럴수록 그리움은 커졌고, 심장이 터질 듯한 후회와 분노도 같이 커졌다.

*   *   *

두 놈이 강의실을 먼저 빠져나간 후 이병웅은 천천히 한서정을 향해 다가갔다.

함께 잠자리를 가진 후 하루가 멀다 하고 전화가 왔지만 받지 않았다.

개학을 한 이후 그녀는 언제나 시선을 고정시킨 채 자신의 반응을 기다렸다.

하지만 모른 체했다.

아직도 남아 있는 그녀의 자존심.

학교생활 내내 자신을 벌레처럼 바라보던 그녀의 행동은 경영학과 학생이라면 누구나 다 아는 사실이다.

"왜 안 가고 있어?"

"차 한잔해요."

"왜?"

자신을 빤히 바라본 채 도발적으로 말하는 그녀를 향해 이병웅이 건조한 목소리로 대답했다.

그러자, 한서정의 얼굴이 붉어졌다.

"할 말이 있어요."

"그래, 가자. 사실은 나도 너에게 할 말이 있었어."

*   *   *

학교 내에도 커피숍은 많았으나, 굳이 한서정은 그를 태우고 시내까지 나갔다.

여전히 그녀는 학교 내에서 이병웅과 함께 있는 것이 부담스러운 것 같았다.

"다른 학생들 눈이 두려워?"

"욕할까 봐."

"그렇구나."

단답형의 대화였으나 서로의 마음을 너무나 잘 알기에 더 이상의 질문은 필요 없었다.

"왜 전화 안 받았어요?"

"받을 필요 없으니까."

"무슨 뜻이죠?"

"난 너에게 내가 해 줄 수 있는 복수를 다 했어. 그러니 더 이상 너와 엮일 이유가 없다."

"저한테 복수를 했다고요? 언제?"

"네 몸을 내가 가진 게 복수였어. 나로서는 그 방법이 가장 좋았거든."

"농담이죠?"

"농담 아냐."

"난 그때 너무 좋았어요. 오빠랑 헤어지고도 항상 머릿속에는 그 생각뿐이었어요. 그런데 그게 무슨 복수죠. 설마?"

한서정의 얼굴이 서서히 하얗게 변했다.

그 많은 날들과 시간 동안 그리워했던 마음들.

그것이 복수의 결과였단 말인가.

"맞아. 너에게 가장 좋은 추억을 주는 것. 그래서 나를 잊지 못하게 만드는 것. 그보다 더 잔인한 복수는 없잖아."

"정말… 나를 많이 미워했군요."

"응, 잠을 자면 네가 꿈에서 많이 나타났다. 표독스러운 눈으로 나를 바라보던 네 눈빛. 그 눈빛을 대할 때마다 몸서리가 쳐질 정도로 억울했고 분했어. 네가 나를 싫어했던 단 하나의 이유, 그것이 외모 때문이었다는 거 잘 알아. 하지만 내 얼굴은 본래의 모습을 찾았고 그로 인해 그토록 경멸하던 너를 안을 수 있었어. 나도 좋았다. 예쁜 네 얼굴이 흥분에 떠는 걸 보면서 나도 좋았어. 하지만 그게 다야. 난 내 목적을 달성했으니 더 이상 널 볼 이유가 없어."

"오빠도 착한 사람은 아니네요."

"착한 사람은 세상을 편하고 행복하게 살기 어려워. 그래서 나는 얼굴을 되찾은 순간부터 나쁜 사람으로 살겠다고 다짐했어."

"이젠 무슨 소린지 알겠어요. 가만히 생각해 보니 나라도 오빠처럼 행동했을 것 같아요."

"이해해 주니 다행이야."

"그래도 그 방법은 너무 잔인하고 달콤했어요."

"이제 할 말 다 한 거니?"

이병웅이 핸드폰을 들었다.

더 있어 봐야 할 말도 없고 들어야 할 이야기도 없다.

하지만 그녀는 이병웅이 일어서기 위해 몸을 꿈틀거리는 순간까지 시선을 떼지 않다가 천천히 입을 열었다.

"오빠, 나쁜 짓 한 사람도 가끔 용서할 때가 있잖아요. 오빠는 그럴 의향이 전혀 없어요?"

"응, 없어."

"그럼 용서는 하지 말고 그냥 한 번만 더 안아 주면 안 돼요?"

"한서정, 네가 정말 뭘 모르는 것 같은데……. 그땐 차 안이라 제대로 안 해서 지금 네가 이렇게 편히 앉아 있는 거야. 만약 자리 잡고 제대로 했다면 넌 정말 눈물 속에서 평생을 보내게 될지도 몰라."

"왜죠?"

"앞으로 다른 남자와 절대 같이 잘 수 없을 테니까. 너같이 남자 좋아하는 애한테는 그건 천벌이나 똑같은 거야. 그러니, 그냥 돌아가. 나는 복수를 원한 것이지, 네가 평생을 불행 속에서 살기를 바란 건 아니야."

     *   *   *

사무실에 모인 이병웅과 친구들은 모니터에 뜬 브렌트유의 가격을 보면서 침을 꿀꺽 삼켰다.

현재 가격 56달러.

아직 천하바이오로직스의 주식을 처분하지 못했지만, 이병웅은 더 이상 기다릴 수 없다는 결론을 내렸다.

"국제 정치 상황 오케이. 당분간은 괜찮을 것 같아. 미국의 대이란 압박 수위가 낮아졌어. 아무래도 이란 대통령이 미국의 요구를 다 들어준 게 원인인 것 같아. 싸우지 않겠다는 상대한테 세계 경찰이란 놈들이 계속 시비를 걸 수는 없잖아."

"중국의 성장률도 오케이. 어제 발표된 중국 GDP 분기 성장률이 5%나 나왔어. 이 정도면 날아갈 것 같은데?"

"미국과 유로 쪽도 괜찮지?"

"거기도 오케이."

"환율은?"

"정상."

"그럼 가자!"

이병웅이 각종 자료를 전부 체크한 후 곧장 베팅을 시도했다.

체결되는 데 걸린 시간은 그리 오래 걸리지 않았다.

베팅금은 20억.

김철기의 자금 중 남아 있는 60억 중에서 33%에 해당하는 금액이었다.

"휴우, 병웅아, 일단 일은 저질렀는데 만약 우리 생각과 다르면 어쩌지?"

홍철욱과 문현수의 얼굴은 새파랗게 질려 있었다.

20억이란 거액을 베팅해 놨으니 아직 청춘인 그들은 걱정이

태산이었다.

"투자는 확신을 전제로 이루어진다. 우리가 20일 동안 원유 관련 자료들을 전부 수집해서 미친놈들처럼 분석한 것도 투자를 위한 행위들이었어. 그리고 한번 결정한 투자는 절대 후회하지 않는 법이야. 투자가란 그런 거다. 투자 전까지는 신중에 신중을 기해 결정 내리지만, 투자 후에는 후회하면 안 돼. 왜인 줄 알아?"

"왜?"

"투자를 해 놓고 후회를 한다는 건 자신의 판단에 확신이 없다는 뜻이고, 그걸 의심하는 순간 삶이 불행해지기 때문이야."

"명언이시네."

"그렇다고 방치하는 것도 죄악이지. 이제부터 오더를 내릴 테니까 너희 둘은 철저하게 상황 파악해서 나한테 보고해야 돼."

"이 자식아, 보고라니?"

"아르바이트생들 말하는 꼬락서니 봐라. 그럼 사장이 아르바이트생들한테 뭐라고 그러냐?"

"언제는 제우스의 선봉이라면서 띄워 주더니, 이젠 아르바이트생이라고 개 무시하네."

"그러니까 빨리 입사해. 그럼 정식 직원 명함 파 준다."

"됐고, 우리가 할 일은?"

"철욱이는 매일 환율에 영향 미칠 요소들을 파악해. 당연히 환율 변화는 체크해야지. 그리고 아침 6시에 미국과 중동에서 무슨 일이 벌어졌는지 알아 봐."

"미국은 그렇다 쳐도 중동에서 일어난 일을 어떻게 알아!"

"WSJ 정치 쪽에 들어가면 중동 쪽 소식이 아침마다 올라와. 그걸 보면 된다."

"오케이."

방법을 알려 주자, 홍철욱이 자신 있게 대답했다.

S대에 올 정도면 영어는 기본이다.

더군다나 홍철욱은 영어 쪽에 특화되어 있기 때문에 영문 기사 정도는 줄줄 읽는다.

"현수는 유로 쪽과 일본, 중국을 맡아. 정치경제 모두 깡그리 체크해야 돼."

"그렇게까지 해야 되냐?"

"투자는 차가운 머리와 뜨거운 심장으로 하는 거야. 지금 내가 너희들에게 말하는 건 뜨거운 심장 쪽이다. 투자해 놓고 방치하는 건 죄악이라고 몇 번이나 말해!"

"언제까지?"

"그거야, 당연히 팔 때까지 아니겠어?"

＊   ＊   ＊

정설아에게서 전화가 온 것은 브렌트유에 투자한 다음 날이었다.

"병웅 씨, 지금 만나."

"나왔어?"

"응. 아무래도 MS(모건스탠리) 쪽에서 내일부터 시작할 것 같아."

"누나네 집으로 갈까?"

"또 다른 짓 하려고 그러지?"

"겸사겸사."

"안 돼. 지금 업무 중이라 시간이 별로 없어. 우리 쪽도 그것 때문에 비상회의를 연단 말이야."

"그럼 내가 회사 쪽으로 갈까?"

"회사 앞에 '정연'이란 일식집이 있어. 12시까지 거기로 와. 꼭 시간 맞춰서 와야 해. 난 1시까지 들어가야 되니까 늦지 마. 늦으면 잘생긴 우리 병웅 씨 얼굴 조금밖에 못 보잖아."

"알았어."

바쁘게 전화를 끊는 그녀의 모습에서 사랑이 느껴졌다.

전화기를 주머니에 집어넣은 이병웅이 급하게 도서관에서 일어났다.

시계를 보니 10시 50분.

지금 서둘러 가도 12시까지 가기엔 빠듯한 시간이었다.

'정연'의 앞에 도착한 이병웅은 잠시 가게의 외관을 바라보다 천천히 문을 열고 안으로 들어섰다.

온통 일본투성이다.

기모노가 있었고 부채가 걸렸으며, 심지어 욱일기까지 한편 벽면에 치장되어 있었다.

지배인의 안내를 받아 특실로 들어서자 미리 와 있던 정설아가 반가움에 젖은 얼굴로 다가왔다.

그녀는 보름 만에 봐서 그런가 무작정 이병웅의 품으로 들어왔다.

"잘 있었어?"

"그럼, 누나는 더 예뻐졌네. 뽀뽀해 줄까?"

"여긴 우리 직원들 많이 오는 곳이야. 뽀뽀는 아꼈다가 나중에 많이 해 줘."

그녀가 이병웅의 손을 이끌어 자리에 앉혔다.

역시 감각은 타고났다.

두 사람이 자리에 앉자마자 점원이 문을 열고 들어섰는데 만약 키스를 했다면 직빵으로 걸렸을 것이다.

음식이 세팅되는 동안 두 사람은 서로의 눈을 바라봤다.

그저 보는 것만으로도 행복하다는 건 남녀에게 있어 가장 중요한 감정이 가슴에 담겨 있다는 뜻이다.

정설아의 입이 열린 건 이병웅이 회를 집어서 입으로 가져갈 때였다.

"병웅 씨, 3%가 아니라 4%야. 대충 계산해도 4조 5천억 정도 될 것 같아."

"그놈들도 알까?"

"당연히, MS 정보력은 세계 최고 수준이야. 분명 그들도 내년이 위험하다는 걸 알고 있을 거야."

"1년도 안 되는 기간 안에 그 정도 돈을 투자한다는 건 한국이 그만큼 만만하단 뜻이겠지?"

"먹고 튀는데 한국만 한 시장이 없잖아."

"아까워, 자금만 뒷받침된다면 모조리 그놈들을 수장시킬 수 있을 텐데……"

남아 있는 돈은 40억.

적다.

판돈이 크면 클수록 위험도 커지지만, 먹는 것도 커진다.

이병웅은 정설아와 헤어진 뒤 고민을 하다가 자리에서 일어나 곧장 압구정동으로 향했다.

대영증권의 고객 코드에서 빼낸 최대 투자가의 명단 중 여자는 불과 5명.

거기에 압구정 사채시장의 3대 큰손 이명숙은 별도다.

그동안 김철기를 유치한 후 움직이지 않은 건 남자에게 밀애를 썼다가 내상을 당한 것과 '제우스'를 설립하느라 정신없었던 이유가 컸다.

그러나 더 큰 이유는 자신의 능력이 아니라 비밀의 힘으로 사람의 영혼을 제압한다는 것이 꺼려졌기 때문이었다.

가급적 쓰지 않으려 했다.

인간을 대하면서 도구로 삼는 것은 가장 잔인한 짓이라는 생각이었다.

MS가 본격적으로 일을 벌이기 시작한 후에 대응한다면 늦는다.

물론 지금도 조금 늦은 감은 있으나 그렇게 늦은 것도 아니다.

자금만 확보한다면 놈들의 움직임에 편승해서 먼저 치고 빠지는 전략을 쓰기엔 충분한 시간이 남아 있다.

그랬기에 그는 결심을 한 후 압구정동으로 향했다.

                    *   *   *

이명숙의 과거는 화려했다.

신인 탤런트 시절, 지금은 사망했으나 한때 한국을 호령했던 재벌의 세컨드가 된 이후 새로운 삶을 살기 시작했다.

재벌은 돈이 흘러넘치는 사람이었다.

그녀에게 아파트와 빌딩을 사 주었고 수시로 현금을 다발로 선물해 주었다.

새파랗게 어렸으나 가난한 가정에서 태어난 그녀의 생활력은 누구보다 강했다.

재벌이 주는 돈을 차곡차곡 모아 30억이란 자금을 마련한 후 어려운 기업들의 자산을 담보로 돈을 빌려주는 사채시장에 뛰어들었다.

재벌은 그녀에게 집을 사 준 후 10년 만에 죽었는데, 그때 그녀의 나이는 고작 32살에 불과했다.

그로부터 10년이 지난 지금.

그녀는 압구정을 호령하는 3대 현금 부자에 등극되어 있었다.

이명숙이 뷰티숍에 나타나자 매니저인 이현주가 부리나케 달려 나왔다.

42살의 나이임에도 마치 30대 초반처럼 탱탱한 피부를 가졌고, 거리에서 픽업되어 탤런트가 될 정도로 아름다운 얼굴을 지녔기에 지금도 남자들이 줄줄 따라다녔다.

"회장님, 어서 오세요. 베네치아를 비워 놨습니다."

베네치아는 특별 손님들만 이용하는 스페셜 룸이다.

뷰티숍에서 베스트들이 전담하는 곳으로, 일반인들이 이용하는 곳보다 배는 비싸다.

그렇다고 이곳에 다니는 일반인들이 그냥 일반인들이 아니다.

대부분 모델이나 영화배우, 가수 등이 이용했는데, 한 달 회원비가 최소 오백만 원이었다.

"회장님은 점점 더 아름다워지시는 것 같아요."

"고마워, 빈말이라도 듣기 좋아."

"빈말 아니에요. 회장님은 저보다 더 어려 보이세요."

이현주의 칭찬에 이명숙의 얼굴에서 화사한 웃음이 피어났다.

한 코스에 걸리는 시간은 2시간 정도.

힐링테라피, 에스테틱, 슬리밍까지 차례대로 받은 후 마지막으로 얼굴 피부 미용까지 받기 때문에 상당한 시간이 걸리지만 이명숙은 일주일에 3번은 꼭 이용했다.

나이가 들면서 가장 힘든 건 젊었을 적 팽팽했던 피부가 점점 노화된다는 것이었다.

그녀는 그것이 죽기보다 싫었다.

돈이 많으면 뭐 하겠나.

여자가 젊음을 잃어버린다는 건 삶의 의욕을 상실케 하는 최대 적이다.

이명숙이 베네치아에서 나온 건 그로부터 정확히 2시간 후였다.

받고 나면 행복한 마음이 저절로 든다.

테라피스트들의 정성이 피부에 담겨 새로운 활력이 생겼고 팽팽해진 피부가 전신에 활력을 끌어냈다.

*   *   *

그녀가 홀로 나오자 이현주가 반색을 하며 달려왔다.

최고 특별 손님답게 이곳의 매니저인 이현주는 그녀에게 온 정성을 다 쏟았다.

"피부가 윤이 나는 것 같아요."

"이걸로 애들하고 맛있는 거 사 먹어."

이명숙이 봉투를 꺼내 손에 쥐여 주자 이현주의 얼굴에서 감동의 쓰나미가 몰려나왔다.

그냥 간식이나 사 먹으라고 주는 봉투가 아니다.

매번은 아니지만 가끔 이명숙은 봉투를 줬는데, 100만 원씩 담겨 있었다.

그녀의 반응에 이명숙이 빙긋 웃었다.

돈이란 게 이렇다.

이런 푼돈에도 감격하며 죽는 시늉까지 하는 이현주의 행동
이 그녀의 마음을 더욱 흥겹게 만들었다.

그때, 문이 열리며 사람이 들어오는 게 보였다.

눈이 부신다는 표현과 어울리는 남자.

훤칠한 키에 완벽한 몸매, 거기에 사람의 시선을 떼지 못하게
만들어 버리는 얼굴.

들어온 남자가 뚜벅뚜벅 다가오는 걸 보며 이명숙은 몸을 움
직이지 못했다.

그건 옆에 있던 이현주도 마찬가지였다.

이곳에는 주로 여자 연예인들이 오지만, 가끔 가다 남자들도
온다.

연예계에 종사하는 놈들이니 오죽 기럭지나 외모가 훌륭할
까.

하지만 이명숙을 이토록 놀라게 만든 건 지금 문을 통해 들어
온 남자가 처음이었다.

"혹시… 이병웅 씨 아니세요?"

옆에 서 있던 이현주가 떠듬거리며 묻는 걸 들은 이명숙의 얼
굴이 슬쩍 변했다.

이병웅.

그렇구나, 그 남자였어.

워낙 최근에 세간을 떠들썩하게 만들었기에 그녀조차 잘 알

고 있는 이름이었다.

화면과 사진으로 봤을 때도 엄청 잘생겼다고 생각했는데, 막상 눈으로 직접 보자 그런 표현이 오히려 어울리지 않을 정도다.

"안녕하세요. 회장님, 잘 지내셨나요?"

이현주의 질문에 대답하지 않고 남자는 오히려 앞으로 다가와 이명숙의 앞에 섰다.

나를 알아?

"회장님을 만나러 왔습니다. 드릴 말씀이 있어서요."

이병웅의 말에 이명숙의 표정이 또 변했다.

나를 만나러 왔다?

한때 대한민국을 시끄럽게 만들었던 남자, 그러나 한 번도 자신과 인연이 없던 남자다.

그렇다면 결국 돈 때문이겠지.

이렇게 젊은 남자가 자신을 만나러 왔다는 건 그런 이유밖에 떠오르지 않았다.

"난 당신을 몰라요. 그런데 나를 만나러 왔다고 하네요. 그건 목적이 있다는 뜻이겠죠?"

"그렇습니다."

"돈 때문인가요?"

"역시 예리하시네요. 맞아요."

어이없다는 표정이 저절로 떠올랐다.

해맑은 웃음을 짓고 있는 남자의 얼굴을 보면서 이명숙은 남자의 태도가 이상하다고 느꼈다.

돈을 빌리러 오는 사람들의 특징은 단 하나뿐이다.

굴종.

돈이 아쉬워 찾아오는 사람들은 그녀의 처분만을 기다리며 대부분 고개를 조아렸다.

그리고 그런 사람들을 향해 이명숙은 냉혹한 모습을 보여 왔다.

평소에는 그렇지 않았지만, 돈이 관련되는 순간 그녀는 냉정한 승부사가 되기 때문이었다.

그러나 이병웅은 전혀 그런 모습을 보이지 않았다.

"어떤 돈을 말하는 건가요?"

"회장님이 가지고 있는 돈은 보통 투자에 쓰인다고 들었습니다. 다시 정식으로 소개하죠. 저는 이병웅입니다. 투자 전문 회사 '제우스'의 사장입니다."

"당신, 참 재밌는 사람이네요."

명함을 받은 이명숙의 얼굴에서 희미한 웃음이 새어 나왔다.

결국 자신에게 투자를 하라고 찾아왔다는 건데, 그녀는 한 번도 이런 자들에게 투자한 적이 없다.

"회장님께 제가 가지고 있는 비전을 설명해 드리겠습니다. 어디 조용한 곳에 가서 이야기를 나눴으면 하는데, 어떠세요?"

"조용한 곳 어디?"

*   *   *

이병웅은 그녀를 데리고 곧장 호텔로 향했다.

남자 대 여자로서 충분히 유혹할 자신이 있었으나, 지금은 그런 시간조차 아까웠다.

더군다나 이명숙은 듣던 대로 42살답지 않게 충분히 매력적이었고 아름다웠으니 망설일 이유도 없었다.

'밀애'에 당한 이명숙은 이병웅이 이끄는 대로 따라와 뜨거운 입술에 점령당한 후 스스로 옷을 벗었다.

미안하단 생각은 하지 않았다.

아니, 오히려 거래로 생각한다면 이처럼 훌륭한 거래도 없다.

그녀는 세상에서 가장 아름다운 노래를 했다.

여자로서 절정의 나이는 지났지만, 그녀의 몸은 아직도 절정에서 내려오지 않은 것 같았다.

이병웅의 손길이 움직이는 대로 수초처럼 흔들리는 그녀의 몸은 잘 조율된 타악기처럼 아름다운 노래를 끊임없이 불렀다.

*   *   *

"나한테 얼마를 원해요?"

"회장님이 가지고 있는 것 전부."

"부동산까지 처분하려면 시간이 필요해요."

"부동산은 됐습니다. 가용할 수 있는 현금만 맡기시면 됩니다."

한번 몸을 섞자 그녀는 모든 것을 내놓을 기세였다.

하지만 이병웅은 조용히 머리를 저었다.

비록 밀애에 당했고 자신이 지닌 천고의 기술로 정신이 혼미한 상황이었지만, 자신은 투자를 원한 것이지 그녀의 전부를 원한 건 아니었다.

자신은 강도가 아니다.

그리고 여자의 몸을 저당 잡아 돈을 뺏는 양아치도 아니다.

"그렇다면 700억까지 끌어모을 수 있어요. 나한테 시간을 줘요."

"얼마나 필요할까요?"

"지금 은행과 펀드에 있는 건 전부 합해 200억 정도예요. 나머지는 기업들에게 가 있는데 빌려준 돈을 회수하려면 꽤 시간이 필요해요."

"그것도 됐습니다. 다른 사람 눈에 눈물이 흐르게 만들고 싶지 않으니까요."

이병웅이 또다시 머리를 젓자 이명숙의 풀려 있던 눈이 묘하게 변했다.

아직 이병웅의 품에서 벗어나지 못했고 쾌락의 여운이 남아 있던 그녀의 눈은 조금씩 제자리를 찾아갔다.

무슨 뜻인지 안다.

그녀에게 돈을 빌려 간 기업들은 자금 사정이 최악인 경우가 많았다.

오죽했으면 은행이 아니라 그녀를 찾아왔을까.

그런 이유로 기업들은 자금을 회수하는 순간, 무너져 내릴 가능성이 컸다.

"당신, 착한 사람이군요."

"능력 있는 투자가이기도 합니다. 회장님께 투자받은 돈은 소중하게 키워 나갈 겁니다. 잠시만 기다려 주세요. 계약서를 가져

올 테니 읽어 보시고 사인하시면 됩니다."

이병웅이 자리에서 일어나자 팔베개를 하고 누워 있던 이명숙의 얼굴에서 아쉬움이 묻어났다.

그러나 그녀도 곧 따라 상반신을 일으키며 자신의 옷을 챙겨 입었다.

미리 준비해 놓았던 계약서를 들고 왔으나, 이명숙의 시선에는 오직 남자에 대한 사랑만이 담겨 있었다.

'밀애'.

정말 무서운 놈이다.

"계약서는 필요 없어요. 나는 그 돈 어떻게 되든 상관없어요."

"아뇨, 그러면 안 됩니다. 상세하게 읽어 보시고 사인해 주셔야 제가 마음이 편해집니다."

이병웅은 계약서를 내밀고 그녀가 꼼꼼히 읽을 때까지 기다렸다.

밀애에 의해 심신이 제압당했어도 그녀는 이병웅이 강권하자 천천히 계약서의 내용을 읽어 나갔다.

읽는 둥 마는 둥.

평소의 그녀라면 절대 이렇게 일하지 않았을 텐데 그녀는 마음이 다른 곳에 가 있기 때문인지 금방 읽어 내린 후 만년필을 꺼내 거침없이 사인을 했다.

"읽어 보셨겠지만, 수익은 7:3입니다. 그리고 저는 분명히 말씀드리지만 회장님께 커다란 수익을 가져다드릴 겁니다."

"다시 말하지만 상관없어요. 나는 그 돈 병웅 씨에게 그냥 줄 수 있어요."

"압니다. 하지만 저는 회장님의 돈을 강탈하기 위해 여기 온 게 아니라는 걸 알아주시면 고맙겠습니다. 저는 투자가지, 제비가 아닙니다."

"그런 뜻으로 말한 거 아니에요. 난 병웅 씨가 착한 사람이라고 생각해요."

착하긴 뭘 착해.

나도 내가 겁나는데.

밀애에 당한 그녀가 앞으로 어떻게 나올지 알 수 없으니 불안하다.

김철기에게 밀애를 썼지만, 그는 남자였고 정상적인 생활에 지장이 전혀 없어 보였다.

그러나 여자는 다르다.

그녀의 행동을 보니 김철기에게 쓴 것과 효능부터 달랐다.

이명숙은 그가 죽으라고 하면 죽을 수도 있겠다는 생각이 들 정도로 자신에게 완전히 빠져 있는 상태였다.

그리고 또 하나. 효능의 기간을 알지 못한다는 것이 걱정된다.

그녀의 몸을 가진 것도 그런 걱정을 덜기 위한 안전장치였고, 계약서를 내민 것도 마찬가지였다.

만약 그녀가 쉽게 효능에서 벗어난다면 일이 복잡해질 수 있으니 철저하게 뒤탈이 안 나도록 준비해 놓을 필요가 있었다.

*　　　*　　　*

계약서를 품에 안은 채 호텔에 나와 그녀를 보낸 후 이병웅은 길게 숨을 내리쉬었다.

마음이 좋지 않다.

여자의 혼을 빼낸 상태에서 관계를 맺은 것도 마음에 걸렸고, 그녀의 향후 상태가 걱정되기도 했다.

그나마 다행인 것은 자신과 헤어진 그녀가 호텔 직원에게 정상적인 모습으로 차를 가져오라는 지시를 했다는 것이었다.

정설아의 말대로 외국인들이 주식을 매수하기 시작했다.

그러나 그들이 진정으로 노리는 것은 선물 옵션이다.

외국인들의 특성은 대형주, 그중에서도 한국 주식시장의 주가를 단독으로 좌지우지할 수 있는 삼전과 현태차, 그리고 포스코 등에 집중된다.

이병웅은 친구들과 함께 외국인들의 매집 현황을 보면서 회심의 미소를 지었다.

외국인은 하루 동안 코스피 대형주에 1,000억, 선물 쪽에 2,000억을 사고 있었다.

"우리도 따라 들어가야지?"

"당연히, 하지만 조금만 더 기다려."

"왜?"

"다시 말하지만 놈들의 전략은 무궁무진해. 아직 옵션 만기까지 2달이 남았어. 서두를 일이 아냐."

"그러니까 왜 서두르면 안 되냐고!"

"현물과 선물의 조화. 즉 조합이 어떻게 진행되는지 알아야 해. 예를 들면 이런 거다. 삼전의 현물을 사고 선물은 던져, 주가는 끌어올려 놓고 선물에서 차익을 얻는 방법이지. 다른 건 현물을 팔고 선물을 아래서 사는 거야. 거기에 옵션까지 가담한다면 수많은 변수들이 생겨. 그러니까 놈들이 어떤 쪽에 베팅하는지 면밀하게 살펴볼 필요가 있어."

이병웅이 설명해 주자 홍철욱과 문현수의 눈이 반짝거렸다.

무슨 뜻인지 정확하게 알아들었다는 반응이었다.

'제우스'에 출근하면서 두 놈은 금융 전반에 대해 무차별적으로 파고들었는데, 특히 선물 옵션 쪽은 현재 그들이 가장 집중하는 부분이었다.

홍철욱이 고개를 갸웃거린 건 이병웅의 설명에서 뭔가 미진한 부분을 발견했기 때문이었다.

"병웅아, 파생 상품은 복잡해. 더군다나 네 말대로 외국인들이 어떤 전략을 쓰는지 알기 위해서는 실시간으로 파악해야 되는데 그게 쉽겠어?"

"어렵지. 하지만 쪼개는 방법은 있어."

"어떻게."

"실시간은 아니지만 놈들의 미결제 물량과 선물, 옵션 포지션을 분석하면 어떤 전략을 쓰는지 알 수 있다."

"어이구… 미치겠네. 우리 셋이 그걸 분석하자고?"

"이 새끼야, 엄살떨지 마. 그런 건 일도 아니야."

"공부는 어쩌고. 우린 학생이야. 아무리 4학년이라도 이렇게 공부 안 하면 졸업 못 해, 인마."

"천하의 홍철욱이 엄살을 다 떠네."

이병웅이 소리를 꽥 지르는 홍철욱을 향해 쓴웃음을 지었다.

그때, 문현수가 슬쩍 나서며 의견을 피력했다.

"철욱이 말이 완전히 틀린 건 아냐. 우린 선물 옵션 쪽에는 문외한들이야. 내가 듣기로 외국인과 증권사엔 선물 옵션 귀신들이 득실댄다고 하더라. 잘못하면 피박을 쓸 수 있어."

"알아. 그래도 해야 해. 나중을 위해서라도."

"그러지 말고 현물만 잡자. 외국인을 따라서 현물만 잡아도 우린 꽤 많은 돈을 벌 수 있어. 안 그래?"

무슨 뜻인지 안다.

문현수의 말은 외국인의 현물 매수 작전에 동참해서 떡고물을 받아먹자는 말이었다.

하지만 그건 말 그대로 떡고물 수준이다.

"선물 옵션에 대한 분석은 내가 한다. 너희들은 매일 외국인들과 기관의 매수 현황을 파악하고 특징을 분석해. 특히 기관의 움직임을 주시해야 돼. 외국인과 기관은 한 몸이되, 한 몸이 아니야. 특히 연기금의 투자 패턴을 면밀히 체크해야 해."

"기관이 막는 경우도 있을까?"

"지금은 거의 한 몸처럼 움직일 가능성이 많다. 하지만 그렇게 하지 않을 수도 있지. 금투와 연기금은 정부의 입김에 따라 움직이는 경우가 많아."

"넌, 참 별걸 다 안다."

*   *   *

이병웅은 그로부터 외국인의 자금 이동을 철저하게 살폈다.

미결제 물량이 증가할 때마다 공매도로 인한 것인지 아니면 차용 물량인지 분석했고, 콜과 풋 옵션의 변화를 살폈다.

당연히 선물에 들어간 투자액은 기본이었다.

이것들 봐라.

기관이 같이 따라 들어가고 있었다.

다시 말해 외국인과 기관이 한통속이 되어 움직인다는 뜻이다.

콜과 풋의 변화가 미친 듯이 변하고 있었지만, 이병웅의 눈을 속이지는 못했다.

"누나, 대영증권 쪽도 풋이지?"

"어떻게 알았어?"

정설아가 놀란 눈으로 이병웅을 바라보았다.

시장에 참여하는 누가 봐도 콜, 즉 상승 쪽에 외국인과 기관이 베팅한 것으로 보일 것이기 때문이었다.

그리고 그녀도 이병웅에게 콜 쪽이라는 정보를 줬다.

급격하게 전략이 바뀐 것은 바로 오늘 장이 끝나고 난 후였다.

어이가 없어 정설아는 이병웅을 한참 동안 바라봤다.

이 남자는 도대체.

"역시 내 판단이 맞았네."

"어떻게 알았냐고?"

"풋 쪽의 단가가 너무 비싸니까. 그리고 10일 동안 꽤 많이 끌어올렸잖아."

"그것만 보고 판단했어?"

"아니, 미결제 물량이 생각보다 많아졌더라고. 그래서 혹시나 했어."

"정말 대단해."

정설아가 놀란 눈을 숨기지 못했다.

이병웅이 '제우스'를 설립했지만, 결국은 자신의 힘으로 이끌어가야 된다고 생각했다.

이병웅은 아직 학생일 뿐이었고 각종 정보와 너무 떨어져 있기 때문이었다.

그에 반해 자신은 대영증권의 에이스였으니 외국인과 기관의 움직임은 실시간으로 그녀에게 들어온다.

따라서 '제우스'가 돈을 버는 건 일도 아니었다.

그럼에도 이병웅과 친구들이 주식과 선물 옵션에 빠져 연일파 묻혀 사는 걸 그냥 두고 봤다.

어차피 그녀가 이끌어 간다 해도 보조해 줄 인력이 필요했으니, 실전 연습 정도로 생각했던 것이다.

"내 말대로 현물은 샀어?"

"당연히 샀지. 수익률 13%. 외국인과 기관이 쌍끌이를 해 주는 바람에 꽤 짭짤했어."

"잘했어."

"전략이 바뀌었으니 꼭 쥐고 있어야지. 이대로라면 25% 수준까지 끌어올릴 것 같은데, 내 판단이 맞아?"

"호오… 왜 그렇게 생각해?"

"말했잖아. 풋 쪽이 워낙 비싸다고. 그렇다면 더 끌어올리겠지. 주가가 떨어질 것이라 생각하고 풋 쪽에 베팅한 개미들의 물량을 박살 내야 되잖아."

"내가 졌다."

진짜, 더 이상 할 말이 없다.

천재라는 말을 여러 번 들어 봤지만, 눈앞에서 부드럽게 그녀를 바라보고 있는 이병웅은 그 범주마저 벗어나 있는 것처럼 보였다.

"천하는 어때?"

"그것도 말해 주려 했어. 작전 세력이 서서히 물량을 풀고 있어. 이젠 팔 시간이야."

"정확하게 2배군. 그놈들 간덩이가 작은 애들이네. 고작 2배 먹으려고 그 짓을 했단 말이야?"

"호호, 그건 자기가 잘못 생각한 거야."

"왜?"

"물량을 푼다고 했지, 주가를 내린다고는 말하지 않았어. 내가 봤을 때 '천하바이오로직스'는 적어도 3배까지 갈 거야."

"무슨 뜻인지 알겠네. 물량을 풀면서 끌어당긴다 이거지?"

"자긴, 정말 똑똑해. 너무 쉽게 알아들어서 가르친다는 생각이 들지 않아."

"그렇다면 조금 더 기다려도 되겠구나."

"아니, 지금 팔아."

"왜?"

"세상은 위험투성이야. 돈이 굴러다니는 곳에는 온갖 악취가 풍겨. 더군다나 걔들은 지금 불법을 저지르고 있잖아. 그러니까 이제 빠져나와야 해. 자칫 마지막까지 있다가 잘못될 수도 있어."

"예쁘네."

"무슨 소리야?"

"난 똑똑한 척했지만 그런 건 생각하지 못했어. 듣고 보니 맞는 말이야. 물론 나는 상관없으니 처벌은 받지 않겠지만, 귀찮기는 하겠어."

"호호, 칭찬이구나. 오랜만에 병웅 씨한테 칭찬을 들으니까 기분이 좋아."

"누난 너무 예뻐."

"오일에 투자했다며? 그것도 팔면 오일에 들어갈 거야?"

"응."

"수익률은 주식이 더 좋을 텐데?"

"그건 아버지 돈이라 최대한 안전하게 불릴 생각이야."

"그렇구나."

"자, 이젠 할 이야기 다 했으니 상을 줘야지?"

"어머, 나 아직 안 씻었어!"

*   *   *

주식시장은 미친 듯이 올라갔다.

뉴스에서는 돌아온 외국인들이 막대한 금액을 투자하기 때문에 장밋빛 청사진을 펼치며 앞으로도 주가는 더욱 상승할 거라 떠들어 대고 있었다.

이병웅은 그런 소식을 듣자마자 자신이 보유했던 주식 전부를 처분했다.

김철기의 자금 중 40억, 이명숙의 자금 200억을 합쳐 240억이 외국인들의 집중 매수 종목에 들어가 있었으나 언론이 떠드는 순간 즉각 팔아치웠다.

주식을 모두 팔자 363억이 되었다.

수익률 21%. 불과 한 달 만에 올린 수익치고는 상당했지만, 이병웅은 만족하지 않았다.

이건 시작에 불과하다.

외국인과 기관의 등에 올라타는 것, 즉 여우가 곰을 때려잡기 위해서는 정말 발 빠르게 움직일 필요가 있었다.

지금부터 중요한 것은 외국인들이 어느 선까지 떨어뜨릴 것이냐는 것이었다.

최근 외국인과 기관이 끌어올린 지수는 120P, 선물 지수로 본다면 15P 정도다.

과연 어느 정도 선일까?

이제 옵션 만기일까지 남은 시간은 15일.

그렇다면 100P 정도는 충분히 떨어뜨릴 가능성이 컸다. 그 정도는 되어야 놈들은 커다란 수익을 얻을 수 있을 것이다.

그랬기에 이병웅은 풋 쪽에 선물 지수 235~230까지 지닌 자금을 전부 깔아 버렸다.

최대 하락 포인트를 감안한다면 중간 지점이다.

확신이 있다 해도 나는 안전 위주의 운행을 한다.

실패를 하지 않고 수익을 추구하는 방법은 오직 돌다리를 두들겨 가며 꾸준히 기다리는 것뿐이다.

자신의 판단을 믿었고, 정설아로부터 정보까지 들었으니 실패할 가능성은 희박했다.

이제 기다리기만 하면 된다.

만약 자신의 베팅이 성공한다면 최소 3배 이상은 먹을 수 있고 그리 되는 순간, 순식간에 원하는 금액을 손에 넣을 수 있다.

*   *   *

"쟤 왜 저렇게 실실 쪼개냐?"

"미친 거지."

"무슨 일 있어?"

"저 새끼 아무래도 된장녀한테 빠진 것 같아. K여대 다니는 년하고 사귄다는데, 아무래도 이상해."

"뭐가?"

"정상이 아냐. 만날 때마다 뭘 계속 사다 줘. 그러다 보니 아르바이트해서 번 돈이 남아나질 않아. 나한테 몇 번이나 돈을 빌려 갔다."

"자세하게 말해 봐."

"3달 전부터 사귀었단다. 그런데 저놈이 하는 전화나 카톡은 씹는데. 대신 지가 원할 때만 만날 수 있나 봐. 그때마다 뭘 자꾸 사 달라고 한대."

"그런 애를 왜 만나?"

"눈에 콩깍지가 낀 거지. 완전히 빠져서 허우적대는 꼴이 안타까워 죽겠어."

홍철욱이 담배를 피워 물고 실실 웃는 문현수를 바라보며 혀를 찼다.

그의 손에는 손지갑이 들려 있었는데 척 봐도 고급스러운 여자 지갑이었다.

이병웅이 천천히 걸음을 옮겼다.

어쩐지 이상하다 했다.

최근 들어 문현수는 불안해하는 모습을 많이 보였는데, 그게 여자 문제였다는 걸 이제 알았으니 미안하단 생각이 들었다.

"현수야, 여자 친구 선물이냐?"

"어, 왔어?"

"여자 친구 선물이냐고 물었잖아."

"응, 이걸 가지고 싶다며 데이트 때마다 말했는데 이제야 샀다. 아마, 이걸 받으면 무척 기뻐할 거야."

"너, 옷도 사 주고 구두도 사 줬다며?"

"철욱이가 떠들었구나. 그 새끼 입이 너무 싸서 탈이야."

"넌 뭘 받았어? 준 게 있으면 받은 것도 있을 거 아냐?"

"그게… 걘 가난해."

"넌 부자고?"

어이가 없다.

문현수, 이놈도 자신과 비슷한 환경에서 자란 놈이다.

부모님이 고향에서 보내 준 돈으로 겨우겨우 살아 왔다.

물론 지금은 조금 다르다.

'제우스'에서 일하며 매달 200만 원을 받았기 때문에 제법 여유가 있었는데, 놈은 그걸 전부 그 여자한테 쓰고 있는 것 같았다.

"걔, 이뻐?"

"그걸 말이라고 해. 내가 지금까지 태어나서 만난 여자 중에 제일 예뻐."

"K대 다닌다며, 이름이 뭐냐?"

"윤수현. 의상학과 4학년이야."

"사랑해?"

"사랑하지 않으면 만나겠어?"

"걔도 널 사랑한대?"

"그건… 솔직히 아직은 아닌 것 같다. 그래도 계속 만나다 보면 좋아질 거야."

"선물을 준다고 걔가 너를 사랑할까?"

"이 새끼야, 나도 그 정도는 알아. 하지만 내가 할 수 있는 게 이 정도밖에 없잖아. 그러니 그냥 내버려 둬. 씨발, 막상 사랑해 보니까 정말 어렵네. 뭐가 이렇게 어려운지 모르겠어."

"알았다. 네 마음이 그렇다면 죽도록 해 봐야지. 사랑이란 건 원래 그런 거니까 최대한 열심히 해 봐."

그래, 맞아.

사랑이란 건 언제나 마음대로 되지 않더라.

나도 그런 적이 있었잖아.

그 고통, 너무나 잘 안다.

너무 미안해.

너는 내가 힘들고 괴로워할 때마다 위로해 줬는데, 난 그놈의 돈에 미쳐서 네가 그렇게 괴로워하는지 몰랐어.

정말 미안해.

제15장
정의로운
세상은 없다

불법?

걸리면 불법이지만, 걸리지만 않으면 가장 효율적인 방법이다.

흥신소에서 가져온 윤수인의 생활은 그야말로 가관이었다.

만나는 남자들만 6명.

문현수는 그중 하나였을 뿐.

재밌는 건 그녀가 진짜 남자 친구로 생각하는 건 한 놈뿐이라는 것이었다.

남자 친구란 개념 안에는 같이 잠을 잔다는 게 내포되어 있는데, 그것도 최근에는 다른 놈으로 바꼈다.

참 특별한 여자다.

예쁜 것들은 어장 관리를 한다고 들었으나, 윤수인의 생활 방식은 특별함을 넘어 난잡하기까지 했다.

　　　　　*　　　　　　*　　　　　*

　"오늘은 어디로 갈까?"

　"재밌는 곳은 '케인'이 좋고, 야한 건 '플렌체'지. 그런데 오늘은 야한 곳으로 가고 싶어. 오랜만에 낯선 남자의 향기를 맡고 싶지 않니?"

　"너 발정기구나. 그날 전이야?"

　"거의 다 되어 가."

　"하긴, 나도 오늘 슬금슬금 몸이 뜨거워져."

　K대 의상학과의 3인방 윤수인과 이정현, 정미소가 웃고 떠들며 소주잔을 기울였다.

　그녀들이 있는 곳은 홍대 근처 주점으로 술과 저녁을 같이 먹을 수 있는 곳이었다.

　이곳에서 한잔하고 적당히 취한 상태에서 클럽에 갈 생각이었기에 그녀들의 대화는 조금 붕 떠 있었다.

　결국 그녀들이 선택한 곳은 '플렌체'였다.

　생긴 지 불과 2년 만에 홍대 클럽 중에서 가장 핫한 곳으로 떠오른 신성.

　'플렌체'의 특징은 자유로움.

　클럽마다 분위기가 전부 다르다.

　어떤 곳은 유명한 DJ를 섭외해서 분위기를 띄웠고, 어떤 클럽은 가수나 유명 래퍼를 출연시켜 손님들을 환장하게 만들기도 한다.

하지만 '플렌체'는 조명 시설이 다른 곳보다 훨씬 어두웠고, 몽롱한 분위기를 연출해서 남녀가 언제든지 스킨십이 가능하도록 조장했다.

이런 곳에 와서 성희롱을 말하는 여자는 그야말로 미친년이다.

성희롱을 당했다고 신고해 봤자 경찰이 콧방귀도 안 뀔 뿐만 아니라, 오는 여자들도 대부분 그런 분위기를 즐기러 오기 때문에 '플렌체'는 젊은 남녀들로 언제나 바글거렸다.

윤수인은 클럽 안으로 들어오면서부터 몸을 흔들거렸다.

소주로 어느 정도 취기를 끌어올린 상태라 사이키 조명과 신나는 음악이 다가오자 자연스럽게 몸이 반응했다.

"오늘 물 어떤 것 같아?"

"여기야 언제나 좋지. 그리고 보면 이 클럽은 그런 건 잘해. 물 관리 하나는 확실하잖아."

이정현의 질문에 윤수인이 요염하게 웃으며 엉덩이를 흔들었다.

몸에 착 달라붙은 청바지에 탱크톱.

몸매를 그대로 드러낼 수 있는 옷차림이다.

친구들도 그녀와 비슷하게 옷으로 갈아입었는데, 이런 곳에서 재미를 보기 위해서는 최대한 몸매를 드러내는 게 효과가 있다.

"일단 놀자, 사냥은 나중에 하고."

"오케이."

몸매 좋은 세 여자가 음악에 맞춰 몸을 흔들기 시작했다.

이런 분위기가 너무 좋다.

일상에서 벗어나 파라다이스에 온 기분.

주변이 온통 젊음으로 가득 찼고, 귀를 때리는 음악 소리, 눈을 부시게 만드는 조명이 그녀를 환상 속으로 안내했다.

아무런 생각도 나지 않는다.

그저 이 순간 내 청춘을 화려하게 즐길 뿐이다.

연신 사람들을 환호하게 만드는 DJ의 고함 소리, 그리고 곳곳에서 포진되어 거의 몸을 드러낸 채 춤을 추는 무희들.

'플렌체'가 남녀 관계를 자유롭게 만든 건 이곳 무희들의 의상이 파격적이란 것도 한몫했다.

어디서 구했는지 모르지만 이곳 무희들의 몸매와 얼굴은 전부 톱급이었는데, 남자들이 만지는 것조차 거부하지 않았다.

물론 노골적인 경우는 그렇지 않지만, 분위기를 띄우기에 충분할 정도의 터치 정도는 허락했다.

얼마나 시간이 지났을까.

윤수인은 천천히 눈을 돌려 주변을 살피기 시작했다.

옆에서 추근거리는 놈들이 있었으나 마음에 들지 않았다.

하지만 친구들은 몸이 달았는지 그녀와 달리 남자 놈들의 접근을 허락하며 열심히 엉덩이를 비비는 중이었다.

그 모습을 보자 몸이 슬슬 달아올랐다.

이런 날.

괜찮은 남자를 만나 하룻밤 풋사랑을 즐기는 것도 삶의 활력이다.

*　　　　　*　　　　　*

이병웅은 윤수인 일행이 '플렌체'로 들어가는 걸 확인하고 천천히 걸음을 옮겼다.

어이없다.

'플렌체'에 들어가는 문을 따라 길게 늘어선 줄.

거의 20m는 돼 보였는데, 젊은 남녀들이 웃고 떠들며 입장을 기다리고 있었다.

그들을 지나쳐 맨 끝에 섰다.

모자를 깊게 눌러썼기 때문에 다행스럽게 알아보는 사람은 없었다.

뭐냐, 이놈들은.

놀러 가는데 손님을 구별하는 놈들은 또 처음 본다.

입구 앞에는 3명의 건장한 남자들이 서 있었는데, 몸이 뚱뚱하거나 못생긴 사람들은 여지없이 입장을 거절하고 있었다.

참 재밌는 세상이다.

돈을 위하여.

모든 것이 돈을 위해 움직인다.

인간에 대한 사랑, 또는 배려 같은 건 돈 앞에서 언제나 무용지물이다.

입구를 통과해서 안으로 들어가자 별천지가 펼쳐지고 있었다.

수초처럼 흔들리는 젊은 청춘들.

그리고 여기저기 핫팬츠를 입은 채 뇌살적인 춤을 추며 웃고 있는 무희들의 모습이 마치 일본 AV를 보는 것처럼 느껴졌다.

이런 세상도 있구나.

자신이 살아온 세상과 전혀 다른 세상의 한 단면을 보자 이병웅의 얼굴에서 쓴웃음이 피어올랐다.

거부하냐고?

당연히 아니지.

나 역시 젊고, 이런 곳에 와 보고 싶었거든.

모자를 벗었다.

그리고 천천히 사람들을 살피며 맥주를 단숨에 털어 넣었다.

좋다, 오늘은 나도 신나게 놀아 본다.

수초처럼 흔들리는 사람들의 숲을 지나 중앙 쪽으로 움직였다.

춤을 춰 본 적은 없다.

춤에 대한 관심도 없었고 클럽에 다닌 적이 없으니 춤을 춰 봤을 리 있나.

하지만 자신은 사안을 가지고 태어난 사람이다.

노인이 말하기를 사안을 지닌 자는 춤과 노래 쪽에 특별한 능력을 지녔다고 말했으니 오늘 시험해 볼 생각이었다.

흔들거리는 사람들의 춤을 따라 천천히 몸을 움직였다.

리듬에 맞춘 발과 손, 그리고 몸의 동작.

대부분은 간단했고 금방 따라 할 수 있는 것들이었다.

출수록 몸에 익었고 조금씩 변형이 이루어졌다.

처음엔 조금 어색했지만 시간이 지날수록 그의 몸은 춤의 세계에 본격적으로 적응하기 시작했다.

불과 한 시간이 지났을 뿐인데, 그의 춤은 주변의 시선을 받을 정도로 점점 화려하고 정교해 졌다.

한번 시선을 받게 되자 주변 사람들의 몸놀림이 줄어들었다.

춤 솜씨에 이끌려 시선을 주던 사람들은 이병웅의 완벽한 몸매와 얼굴을 확인한 순간부터 아예 춤추는 걸 포기해 버렸다.

특히, 여자들은 이병웅의 정체를 알아채고 나서부터는 아예 넋을 잃었다.

"저 사람, 혹시 이병웅 아니야?"

"맞네, 맞아!"

웅성거리는 소리들이 점점 커졌으나 이병웅은 춤의 세계에서 벗어나지 않았다.

춤이란 세계가 이렇게 황홀할 줄은 몰랐다.

그저 즐기겠다는 마음으로 들어왔을 뿐이었는데, 막상 춤을 추게 되자 자신도 모르게 황홀경으로 빠져들었다.

하지만 이병웅은 사람들의 시선이 대놓고 접근하자 춤을 멈추고 자리를 떴다.

이곳에 온 이유는 윤수인을 만나기 위함이었으니 사람들의 주목을 받는 건 불필요한 짓이다.

다행인 것은 조금만 벗어나도 그의 존재를 알아채지 못한다는 것이었다.

클럽의 특징이 그렇다.

소음은 음악에 파묻히고 대부분 사람들은 춤에 열중하기 때문에 중앙에 있었던 작은 소란 정도는 금방 사라졌다.

무대에서 빠져나와 맥주로 목을 축인 이병웅은 무대 쪽과 계단 쪽에서 열광하고 있는 사람들의 모습을 바라보았다.

키스하는 건 기본이다.

서로의 몸을 비볐고 심지 없는 가슴 안으로 거침없이 손이 들어갔다.

마치 성경에 나오는 타락의 땅, 소돔과 고모라를 보는 것 같았다.

이것이 젊은이의 특권일까?

결코 그런 건 아니겠지.

그럼에도 거부감이 전혀 들지 않는 걸 보면 내 몸에 흐르는 피 역시 그리 깨끗한 건 아닌 것 같다.

천천히 무대 쪽으로 다시 걸어 나가 자리를 잡고 춤을 췄다.

일부러 섹시한 춤을 추고 있는 여자들 옆에서 혼자 천천히 몸을 흔들었다.

이번에는 사람들의 시선을 받지 않은 채 즐기고 싶었다.

클럽에 가 본 사람들은 알겠지만, 조심한다고 해도 몸은 자연스럽게 부딪친다.

여자들의 옆에서 작은 몸짓으로 춤을 추던 이병웅에게도 그런 현상은 벌어졌다.

일부러 그건 거냐고?

맞아. 일부러 그랬지.

뭐 하러 예쁜 여자들이 앞에서 춤을 추는데 반대로 몸을 돌려 춤을 추겠어.

앞에서 춤을 추던 여자의 몸이 자꾸 가슴으로 들어왔다.

그러다 보니 엉덩이가 중요 부위와 마주치는 건 당연했는데, 여자는 그런 일이 벌어져도 힐끔 보기만 했을 뿐 전혀 아무렇지 않은 듯 내색조차 하지 않았다.

자신도 몸이 뜨거워졌다.

사람들이 왜 클럽에 와서 시간을 보내는지 충분히 알 만했다.

이런 상태로 춤을 춘다는 것 자체가 흥분과 전율의 연속이었다.

시간이 지날수록 여자의 움직임은 노골적으로 변했다.

정확하게 얼굴을 확인하지 못했지만 몸매가 무척 예쁜 여자였는데, 그녀는 몸이 부딪히는 걸 즐기는 것 같았다.

그렇다면 가야지.

천천히 그녀의 허리에 손을 올렸다.

그와 맞은편에 있던 여자들이 입을 손으로 막으며 웃은 게 보였다.

움찔하는 여자의 몸.

하지만 그것뿐.

그녀는 이병웅의 손길을 거부하지 않은 채 더욱 뇌쇄적인 몸짓으로 엉덩이를 부딪쳐 왔다.

묵직한 느낌을 받았던 걸까.

춤을 추던 그녀의 몸짓이 작아졌다.

그리고 더욱 밀착해 오는 그녀의 몸짓을 느낀 후 이병웅의 손길에 힘이 들어갔다.

허리에 있던 그의 손이 라인을 타고 천천히 움직여 그녀의 배꼽을 훑었다.

그러다가 조금씩 가슴 쪽으로 올라가자 여자의 호흡이 뜨거워지기 시작했다.

몸이 돌아섰다.

이유는 두 가지.

하나는 친구들 앞에서 흥분하는 모습을 보이기 싫었을 테고, 또 하나는 이병웅의 손길이 더 자유롭도록 도와주기 위함일 것이다.

하지만 이병웅은 그녀의 몸에서 손을 떼고 정중하게 인사를 한 후 자리를 벗어났다.

재미 삼아 해 본 행동일 뿐, 그녀를 어쩌자는 건 아니었다.

더군다나, 눈으로 계속 좇고 있던 윤수인이 무대를 벗어나는 게 보였다.

화장실에 가는 거구나.

여자들은 참 이상하다. 왜 꼭 화장실을 갈 때 친구들과 같이 가는 걸까?

클럽에 가 본 사람들은 알겠지만 무대가 따로 존재하지 않는다.

클럽 안이 전부 무대고 심지어 복도와 계단까지 사람들이 빽빽하게 들어차 춤을 춘다.

이병웅은 화장실 앞에서 그녀들이 나올 때까지 기다렸다.

그 와중에도 힐끔거리며 자신을 바라보는 여자들이 지천에 깔려 있었다.

손만 내밀면 언제든 넘어올 기세.

그러나 이병웅은 여자들의 시선을 피한 후 윤수인 일행이 나오자 천천히 그 뒤를 따라갔다.

애들은 도대체 언제 집에 가려는 걸까.

시계를 보자 벌써 12시가 지나고 있었다.

맥주를 한 병 금방 비운 그녀들이 또다시 사람들 틈을 지나 안으로 들어가더니 춤을 추다가 환호성을 터뜨렸다.

대머리 DJ가 윗몸을 드러내며 무대 앞에서 소리를 질러 댔는데, 무희들 중 두 명이 그의 몸을 훑는 게 보였다.

야한 장면이었고 노골적인 행위라 얼굴이 뜨거울 지경이었다.

그럼에도 사람들은 그런 장면에 열광을 하고 있었다.

춤과 음악, 그리고 남과 여.

눈앞에서 야한 장면이 연출되자 점점 홀에 가득 차 있던 사람들의 호흡이 가빠지면서 남자와 여자들이 바빠지기 시작했다.

거침없는 터치.

방금 말했잖아. 소돔과 고모라가 따로 없었다고.

윤수인의 친구들이 남자의 품으로 들어가는 걸 보며 이병웅은 성큼 윤수인의 허리에 손을 올렸다.

놀라는 모습.

그러나 이병웅의 얼굴을 확인만 했을 뿐, 손길을 뿌리치지 않은 채 몸을 돌리더니 대뜸 소리를 질러왔다.

"당신, 나 알아요?"

"쟤들도 서로 알아서 그러는 건 아니잖아."

이병웅이 반대쪽에 있는 그녀의 친구들을 가리키자 윤수인의 표정이 살짝 일그러졌다.

하지만 카멜레온처럼 그녀의 표정은 금방 펴졌고 대신 눈에서 강렬한 유혹이 피어났다.

"춤 잘 춰요?"

"춤보다 나는 그걸 더 잘해."

아무리 냉정하다 해도 친구가 사랑한 여자까지 어쩔 생각은 추호도 없었다.

오직 그녀에게 세상에 대해서 알려 주고 싶었다.

그리고 자신의 친구가 그녀에게서 벗어나기를 바랐다.

전화번호를 주고받았고 그걸로 끝이다.

그 짧은 순간 윤수인은 자신에게 모든 마음을 빼앗겼으니, 그녀의 인생에서 어장 관리는 더 이상 존재하지 않을 것이다.

수없이 걸려 오는 전화와 카톡은 받지 않았다.

대신 가끔 가다 잘 있냐는 안부 메시지만 보냈다.

새까맣게 타는 가슴.

그 절절한 고통을 그녀는 느껴 봐야 한다.

언젠가는 알게 되겠지.

지금의 고통이 그녀의 인생에서 당장은 쓰지만, 보약처럼 몸에 좋았다는 걸 느끼는 순간이 올 것이다.

          *   *   *

예상했던 대로 주가가 하락하기 시작했다.

'천하바이오로직스'를 처분한 다음 날부터였다.

작전 세력에 가담해서 얻은 수익은 정확하게 5배가 조금 넘었다.

정설아의 분석대로 '천하'는 외국인이 매도 공세를 퍼붓고 있는 지금도 계속해서 상승을 거듭하고 있었으나 후회하지 않았다.

대단한 매도 공세.

작정을 한 듯 외국인은 선물 만기일을 불과 7거래일 남겨 놓고 미친놈들처럼 주식을 패대기치기 시작했다.

하루에 2,000억에서 3,000억을 팼고, 기관은 방관하는 자세를 취했다.

금투와 투신 등을 합해 기관이라 부른다.

그들도 주식투자를 통해 수익을 얻는 곳이지만, 사람들이 기관이라 부르는 것은 최소한의 양심과 배려를 기대하기 때문이다.

그런 측면에서 봤을 때 기관의 행동은 더욱 지탄받아 마땅하다.

속으로 외인과 손을 잡아 놓고 바깥으로는 전혀 그런 척하지 않고 있으니 한마디로 개새끼들이나 다름없다.

칼날처럼 떨어지는 선물 지수를 보고 있자 손이 베일 것 같은 날카로움이 느껴졌다.

이제 기다리기만 하면 된다.

외국인들과 기관은 풋 쪽의 가격이 다운되기를 바라면서 주가를 끌어올렸기 때문에 상당량의 풋을 매수했을 것이다.

외국인들은 한번 마음을 먹은 후 인정사정 봐주지 않았다.

결국 그들의 매도는 자신들의 포지션에 도달할 때까지 멈추지 않을 것이다.

계속 떨어지는 선물 지수를 보면서 홍철욱과 문현수는 연신 관세음보살을 외쳤다.

지금 그들의 머릿속에 있는 건 온통 모세의 기적이 열리는 환상뿐이었다.

사는 게 이렇게 쉬웠나.

그토록 이를 악물고 살아도 먹고 사는 데 정신없던 삶은 어디로 갔단 말인가.

'천하'의 작전 세력에 올라타 번 돈이 원금까지 합쳐 8억 5천만 원이었다.

하지만 옵션으로 얻은 수익은 2배가 조금 넘었음에도 무려 600억이었다.

대충 계산해도 불과 6개월 만에 '제우스'의 자금은 1,000억에 육박하고 있었다.

김철기와 이명숙에게 투자받은 돈에 대한 배당률은 70%.

'제우스'의 몫은 나머지 30%였으니 180억의 수익을 올린 것이다.

"이게 꿈이냐, 생시냐. 난 도저히 믿기지 않아."

"돈으로 보이지 않는다. 그저 숫자만 찍혀 있어서 그런가 믿기지도 않고."

홍철욱과 문현수가 계좌에 찍힌 금액을 보며 입을 다물지 못했다.

그들은 처음부터 지금의 상황을 믿지 않았다.

엄청난 투자 금액을 확보했다는 것부터가 그들로서는 기적이나 다름없었다.

기껏 대학교 4학년에게 100억이란 거액을 투자한 김철기는 그렇다 쳐도 200억을 투자한 이명숙은 뭐란 말인가.

나중에 알았다.

그들이 대한민국을 주무르는 삼 대 현금왕 중 두 명이란 사실을.

그동안 선물 옵션을 공부하느라 고생했던 시간들이 주마등처럼 흘러갔다.

그럼에도 절대 지금의 이 결과를 받아들이기 힘들었다.

어떻게 이런 일이 생길 수 있단 말인가.

"병웅아, 나 한 대 때려 봐. 아무래도 이건 진짜가 아닌 것 같아."

"정신 차려. 우린 할 일이 남아 있다."

"이제 겨우 끝났는데 뭘 또 해?"

"아무래도 브렌트유가 움직일 것 같아. 내가 말했잖아, 브렌트유는 당분간 상승할 수밖에 없다고."

"오늘?"

"투자를 하는 사람은 돈을 그냥 가지고 있으면 안 돼. 수익이 눈에 보이면 베팅을 하는 것이 진정한 투자자의 용기다."

"얼마나 베팅하려고?"

"천하에서 얻은 것과 자금의 30%."

"우와, 미친놈!"

홍철욱과 문현수가 동시에 기겁을 했다.

이런 결과가 나올지 몰랐다.

이병웅이 지랄하며 강행했을 때도 두 사람은 뜯어말리기 위해 별짓을 다 했다.

투자를 받았다 해서 내 돈이 아니다.

그것도 사채시장의 큰손들이었으니 돈을 날리는 순간, 이병웅의 목숨이 위험할 수도 있었다.

그랬기에 모든 자금을 옵션에 과감히 투자한다고 했을 때 거품을 물며 막았던 것이다.

결국 이병웅의 주장에 의해 옵션에 투자했지만, 얼마나 가슴 졸이며 애를 태웠는지 모른다.

그들로서는 절대 만질 수 없는 돈.

무려 325억을 전혀 서슴지 않고 옵션에 밀어 넣는 이병웅은 괴물이나 다름없었다.

하루하루의 주식시장이 지옥처럼 여겨졌다.

비록 그들은 '제우스'에서 아르바이트를 했지만, 온몸이 수시로 무기력해질 정도로 긴장된 시간을 보냈다.

하지만 이병웅의 시선은 언제나 냉정했다.

화면을 응시하는 이병웅의 시선은 그들이 알고 있는 착했던 친구의 모습이 절대 아니라 도박판의 승부사처럼 날카로웠고 차가웠다.

결국.

결과는 나왔고 홍해가 갈리는 것과 비슷한 기적이 일어났다.

무려 1000억에 가까운 돈을 눈앞에 대하자 두 눈이 빙글빙글 돌았다.

이게 기적이 아니면 뭐란 말인가.

투자를 받은 것부터 지금의 이 결과까지.

모든 게 기적의 연속이었고, 이병웅의 찬란한 승리였다.

그럼에도 이병웅이 브렌트유에 투자한다는 말을 듣자 지금은 막고 싶었다.

자금의 30%라면 무려 300억이다.

그 많은 돈을 브렌트유에 투자한다는 건 정말 심사숙고할 일이었다.

"야, 이틀 동안 브렌트유는 0.5% 떨어졌어. 지금까지 2% 올랐었는데 아무래도 조정을 받는 것 같아. 그러니까 다시 생각해 봐."

"아니, 대세는 이미 정해져 있다. 우리가 분석한 결과가 그렇게 나왔잖아. 그렇다면 지금 결정하고 행동해야 돼. 망설이는 건 능력 있는 투자자가 가장 경계해야 되는 거야."

"너, 정말 왜 이러니. 우리 말라 죽는 꼴 보고 싶어서 그래?"

"이, 자식들아. 사내새끼들이 간덩이가 고만해서 어디다 써. 시끄럽고 자리나 비켜."

"왜?"

"적어도 베팅하는 순간만큼은 내가 한다."

나도 내 심장이 의심스럽다.

그 많은 돈을 베팅하면서 차갑게 가라앉는 나의 심장을 대할 때마다 무섭다는 생각이 들었다.

1,000억.

일반인은 세기도 힘든 숫자의 돈.

아니, 일반인은 그 100분의 1만 있어도 평생을 행복하게 살 수 있는 금액이다.

그런 돈을 얻었음에도 그리 즐겁지 않다.

아니, 보다 더 큰 욕망이 가슴속에서 용광로처럼 부글부글 끓고 있었다.

사실 이번 옵션투자는 말도 안 되는 무리한 짓이었다.

어떤 투자가가 자신이 지닌 전 자산을 한꺼번에 밀어 넣는 바보 같은 짓을 한단 말인가.

그건 확신이 있어도 마찬가지다.

돈이 굴러다니는 곳에는 귀신이 산다.

분명 이제 외국인과 기관도 옵션을 미리 선점하고 기다렸던 '제우스'의 존재를 눈치챘을 것이다.

다음에도 이런 투자를 해서 성공하길 바란다면 정말 등신이다.

한 번은 통했지만 다음에는 성공 확률이 반으로, 아니, 어쩌면 전 재산을 날리게 될지도 모른다.

현물이 없는 상태에서 옵션에 모든 승부를 걸다는 건 전 재산을 날릴 수 있는 가장 무식한 짓이다.

투자란 건 돌다리를 두들기며 조금씩 전진하는 것처럼 안정적으로 움직여야 한다는 사실을 잘 안다.

하지만 이병웅은 이번에도 브렌트유를 향해 승부수를 던졌다.

자신의 분석과 감각을 믿었다.

그리고 단시간 내에 자금을 확보하기 위해서는 모험을 해야 된다고 생각했다.

김철기의 자금과 이명숙의 자금은 내년에 발생할 것으로 예상되는 금융 위기 시까지 활용한 후 돌려줄 생각이었다.

다른 사람의 돈을 굴려 돈을 버는 방법은 어쩌면 가장 좋은 방법이다.

그러나 반대로 생각한다면 족쇄를 차고 움직이는 것과 다름이 없다.

그리고 또 하나 마음에 걸리는 것은 그들에게 밀애를 썼다는 것이었다.

미안하단 생각은 갖고 있지 않다.

그들의 의지에 의한 것은 아니었으나 돈을 빌렸고 자신은 그 돈에 막대한 수익을 붙여 돌려줄 테니 양심의 가책은 없다.

*　　　　*　　　　*

"병웅 씨 때문에 지금 증권가에서는 난리가 났어."

"왜?"

"왜긴 왜야. 병웅 씨가 한 짓이 어떤 것이었는지 알기나 해?"

"돈 번 짓이지."

"휴우……."

정설아가 뻔뻔한 얼굴로 쳐다보는 이병웅을 향해 한숨을 깊게 흘려 냈다.

그렇게 주가를 끌어 올려도 꼼짝하지 않았던 풋 베팅의 주인.

그로 인해, 외국인과 증권가는 당황스러움을 숨기지 못했다.

결국 외국인과 증권가는 먼저 자리 잡고 버틴 '제우스'의 물량 때문에 상당분의 수익이 날아갔다.

그랬으니 계좌의 주인을 확인하느라 한동안 난리가 났던 것이다.

그걸 막느라 정설아는 한동안 고생을 할 수밖에 없었다.

작은 소동.

이병웅은 대영증권 계좌를 썼기 때문에 자연스럽게 증권가의 시선이 대영증권으로 향했다.

정설아는 주식관리팀에 정보를 주지 말라는 지시를 내렸지만, '제우스'에 대한 정보는 자연스럽게 빠져나가 증권가에 전부 돌았다.

증권가에 돌았다는 건 외국인에게도 빠져나갔다는 뜻이다.

"정말 미쳤어. 난 옵션에 투자한다고 해서 그런가 보다 했더니 그 많은 돈을 한꺼번에 베팅할지 누가 알았겠어. 자긴… 정말 미쳤어."

"하하… 그런가?"

"다음부터는 절대 그러지 마. 단일 계좌로 그런 짓을 하면 한 방에 날아갈 수 있어. 이번에는 처음 있는 일이라 그냥 넘어갔지만, 다음엔 절대 그냥 두지 않을 거야. 약속해, 정말 조심해야 해."

"나도 알아. 다음부터는 더 정교하게 움직일 생각이니까 너무 걱정하지 마."

"대충 계산해 보니 1,000억이나 되더라. 한 방치고는 너무 세서 난 처음에 내 눈을 의심했다니까."

"그랬어?"

"그 돈 어쩔 거야?"

"이미 상당 부분은 다시 투자했어. 브렌트유 쪽에."

"상당 부분 얼마나, 혹시 또 몰빵한 건 아니지?"

"30%만 투자했어."

"30%라도 300억이 넘어. 어머머… 이 남자 정말 미쳤나 봐."

"누나는 몰랐겠지만 그동안 나와 내 친구들은 유가의 흐름을 철저하게 분석해 왔어. 두고 봐. 당분간 브렌트유는 폭등을 하게 될 거야."

"어디서 그런 근자감이 나와. 겨우 대학생 3명서 분석한 걸 가지고 300억이 넘는 돈을 투자한단 말이야. 병웅 씨, 정말 바보니?"

"나 바보 아냐."

"정말 이번 건은 천운이 작용해서 성공한 거야. 기적도 한 번이지… 요행을 자꾸 바라면 나중엔 정말 큰 코 다칠 수가 있어."

"자신 있으니까 한 거야."

"안 되겠어. 내가 아무래도 빠른 시간 안에 '제우스'로 가야 될 것 같아. 병웅 씨한테 그 돈을 맡겨 놨다간 다 말아먹겠다."

"나야 그래 주면 좋지. 그런데 누나… 오기 전에 딱 한 탕만 더 하자."

"뭘 더 해?"

"나한테는 대충 700억이 남아 있어. 이 돈을 한 번 더 튀겨야 누나가 '제우스'에 와서 마음껏 날아다녀."

"천하는 작아서 가능했지만, 그 돈은 사이즈가 달라. 그리고 지금은 눈에 보이는 작전 세력도 없어."

"작전 세력을 말한 게 아냐."

"그럼?"

"자사주. 그룹사 중에서 자사주 매입 움직임이 있는 것 좀 알아봐 줘. 지금쯤 자사주의 유혹에 빠진 놈들이 꽤 있지 않아?"

이병웅의 말이 끝나자 정설아의 눈이 꼭 귀신을 본 것처럼 변했다.

그렇지 않아도 최근 들어 몇몇 대기업이 자사주를 매입하려한다는 정보가 들어왔기 때문이었다.

기업이 자사주를 매입하는 이유는 간단하다.

번 돈으로 재투자를 하지 않고 자사주를 매입해서 주가를 끌어올린 후 소각시키면 오너의 포지션이 커질 뿐만 아니라, 주당 순이익도 올라가는 이중 효과가 있기 때문이다.

따라서 자사주 매입은 기업들에게 엄청난 유혹으로 다가온다.

특히 지금처럼 알게 모르게 위험이 다가오는 시기엔 정보가 빠른 기업부터 자사주 매입에 열을 올리게 되어 있다.

"병웅 씨, 나 오늘은 건드리지 마. 오늘은 아무래도 느끼지 못할 것 같아. 난 병웅 씨가 오늘따라 귀신으로 보여!"

*　　　　*　　　　*

JBC 방송의 예능 PD 황용하는 시계를 바라보며 한숨을 길게 내리쉬었다.

그가 맡은 건 요즘 한참 시청률을 높이고 있는 '정의가 간다'란 주말 예능 프로그램이었다.

불의와 이기주의가 판치는 세상에서 시민들의 정의로운 행동을 찾아내어 극적으로 편성하는 것이 이 프로그램의 관전 포인트였다.

하지만 정말 힘든 일이다.

시청률이 좋게 나오면서 화제가 되고 있었지만, 제작 과정은 그야말로 죽을 맛이었다.

방송에 써먹을 수 있는 그림을 찾아내기 위해서는 엄청난 시간이 필요하기 때문이다.

요즘처럼 이기심이 판치는 세상에서 타인의 불행을 막기 위해 아낌없이 참견하는 사람들을 찾는 건 정말 어려운 일이었다.

그럼에도 환장하고 펄쩍 뛸 정도로 시청자들의 반응은 폭발적이었다.

아이를 유괴하기 위해 꼬드기는 남자를 가로막으며 나선 시민들의 용감한 행동, 길을 잃은 지적장애 아이를 1㎞ 떨어진 경찰서까지 데려다줬던 여대생의 눈물.

소매치기 장면을 목격하고 위험을 무릅쓴 채 전력 질주 하던 청년의 모습.

이런 모습들에서 시청자는 대리 만족과 쾌감을 느꼈고, 방송이 주는 공익성에 아낌없는 찬사를 보내 주었다.

* * *

"준비는 다 됐냐?"

"다 되긴 했는데 과연 이게 가능할까요. 오늘 콘셉트는 아무리 생각해도 무리가 있습니다."

"알아. 그래서 하는 거야."

"실패할 줄 알면서 한단 말입니까?"

PD 황용하가 담배를 길게 뿜으며 대답하자 AD인 윤경종이 눈살을 좁혔다.

처음 기획 단계부터 스태프들이 전부 반대했으나 황용하는 무슨 일 때문인지 고집을 피우며 이번 촬영을 강행했다.

그의 기획대로 원하는 그림이 나오면 그야말로 대박이지만, 그럴 가능성이 너무 적었다.

"안 될 줄 알면서 강행하는 이유를 저는 도통 모르겠습니다. PD님, 궁금해서 죽겠어요. 왜 그러시는 겁니까?"

"우리 프로그램의 모토가 뭐냐. 정의감과 공익이잖아. 난 오늘 촬영으로 시민들의 비겁함을 가감 없이 보여 주고 싶어. 지금까지 우리는 꽤 많은 성공을 거둬 왔어. 대리 만족, 눈물겨운 감동, 타인을 위한 배려. 이 모든 것이 프로그램 성공의 이유였지. 그러나 아직 우리가 아직 얻지 못한 게 있어. 그건 바로 시청자들에게 스스로에 대한 분노를 선사하지 못한 거야."

"촬영에 끝까지 실패하는 모습을 보여 줘서 시청자들을 분노하게 만들고 싶은 거군요. 그 분노는 스스로에 대한 것이고요."

"맞아."

"결국, 시청자는 우리 촬영이 실패하는 장면에서 만약 똑같은 일이 발생했을 때 용기를 내지 못하는 자신의 비겁함을 생각해 보겠군요."

"내가 원한 게 바로 그거다."

"참, 대단하십니다. 하지만 제가 봤을 때 반쪽의 성공이 될 것 같네요."

"왜?"

"스스로에게 분노를 느낀다 해도 절대 그럴 상황에서 나설 사람은 없을 테니까요. 현재, 우리나라 법은 도와준 사람이 불리하게 되어 있어요. 요즘 사람들은 그걸 너무나 잘 알고 있어요. 그러니 분노를 느낄지언정 절대 나서지 않을 겁니다."

"후우… 네 말이 맞다."

"그래도 어쨌든 상당한 반향을 불러일으킬 것 같네요. 그런 면에서 봤을 때 PD님은 대단한 촉이 있어요. 시청률 제조기란 별명은 그냥 생긴 게 아닙니다."

"아부 떨지 마라."

"정말입니다. 저는 그런 촉을 배우고 싶습니다. 그래야 성공하죠."

"시간 됐다. 진행자들은 준비 끝냈어?"

"역무실에 스탠바이하고 있습니다."

"지하철 쪽에도 준비됐지?"

"사전에 협의를 했잖아요. 오히려 그 사람들이 더 적극적인걸요. 이런 홍보를 공짜로 하는 게 쉽습니까."

"자, 그럼 가자."

오늘의 상황극 배우는 모두 4명.

숨어 있는 카메라가 촬영하고 지하철 노인석에서 상황이 펼쳐진다.

오늘의 콘셉트는 불량배 3명이 노인석에 앉아 있는 할아버지 앞에서 행패를 부리는 것이었다.

촬영이 시작된 건 러시아워가 끝난 오후 9시부터.

한 타임에 20분 정도 잡고 5번 정도 촬영하면 방송 분량을 확보할 수 있다.

나머지 시간은 진행자들의 멘트로 때우고 만약 원하는 그림이 만들어지면 대박이 터지게 될 것이다.

서울 지하철을 타 봤다면 알겠지만, 웬만한 노선들은 오후 9시도 사람들이 바글거린다.

그랬기에 촬영은 사람들이 다른 역보다 적은 구로역에서 찍는 것으로 계획되었다.

역시 일은 예상대로 진행되었다.

사람들은 불량배들의 고함 소리가 커질수록 할아버지 쪽으로부터 멀어졌고 몇몇 사람들은 전화기를 들었다가 불량배들이 째려보자 겁을 내면서 다른 칸으로 도망가기 바빴다.

그렇게 많은 사람들이 불량배의 난폭한 기세에 아무도 나서지 않았다.

사회정의.

그런 건 자신이 피해를 볼 수 있는 상황에서 아무런 가치도 지니지 못했다.

진행자들은 실패가 거듭할수록 안타까움을 숨기지 못하며 표정이 점점 흐려졌지만, 황용하는 냉정한 시선으로 마지막 촬영을 준비했다.

이럴 줄 알고 찍은 것이었으니 실망은 하지 않는다.

어차피, 오늘 촬영은 시도하는 것만으로 충분한 가치가 있기 때문이다.

　　　　＊　　　　　＊　　　　　＊

　이병웅은 종로에서 정설아를 만나 저녁을 먹고 술까지 한잔한 후 집으로 돌아가는 중이었다.

　차를 사지 않았으니 당연히 전철을 이용한다.

　서울의 교통 상황은 지옥이나 다름없어 가급적 전철을 이용했고, 역에서 집까지 걸어도 5분밖에 걸리지 않기 때문이다.

　웬 사람들이 이렇게 많은 걸까.

　12시가 다 되어 가는 시간이었지만 사람들이 많아 앉는 건 꿈도 꾸지 못할 정도였다.

　언제부턴가 사람들이 많은 곳에 갈 때면 모자를 깊게 눌러쓴다.

　'환상의 파트너'에 출연한 지 꽤 오랜 시간이 지났음에도 아직까지 알아보는 사람들이 많았고, 자신의 특별한 외모로 인해 주목받는 게 싫었다.

　창밖을 바라보며 정설아로부터 들은 정보를 천천히 편집해 나갔다.

　자사주 매입 소문이 도는 회사들은 모두 합해 5개.

　그것도 그룹사의 주력 기업들로 탄탄한 재무구조를 가진 회사들이었다.

　물론 시기는 다 달랐고 매입 규모도 차이가 났다.

　하지만 매입 규모는 의미가 없다.

　투자자들은 기업에서 자사주를 매입한다는 자체만으로도 벌

떼처럼 달려들기 때문에 주가는 단시간 만에 폭등을 한다.

정설아는 정말 중요한 역할을 하고 있었다.

그가 요청하는 건에 대해서는 최선을 다해 정보를 취합해서 알려 줬기 때문에 투자자 입장으로 본다면 보물이나 다름없는 존재였다.

자사주 매입과 또 다른 건.

그건 바로 M&A 관련 정보들이었다.

주식시장에서 가장 커다란 이슈인 M&A 정보를 미리 알 수만 있다면 대박을 터뜨릴 수 있을 것이다.

그녀의 말대로 첫 옵션 투자는 지금 생각해 보면 미친 짓이나 다름없었다.

세상은 똑똑하다고 자신하는 순간, 나락으로 떨어지게 된다.

그것도 막강한 힘을 가진 외국인과 기관을 상대로 전 재산을 몰빵하는 모험을 했으니 성공한 것 자체가 천운이다.

이제부터는 분산 투자를 할 생각이었다.

외국인의 매수 종목을 추격해서 따라붙고, 자사주 매입, M&A 관련 기업에도 자산을 분배할 것이다.

당연히 선물 옵션은 기본이다.

외국인과 기관의 흐름만 충분히 파악하고 은밀하게 베팅할 수만 있다면 그것만큼 수익률이 좋은 투자는 없기 때문이다.

*   *   *

"야, 이 영감탱이야. 다리 좀 오므려. 이 지하철 당신이 전세

냈어!"

"아, 씨발. 냄새나. 좀 씻고 다녀. 재수 없게 공짜로 타고 다니면서. 밤엔 좀 집구석에 처박혀 있으면 얼마나 좋아. 늙은 게 자랑이야!"

"다리 좀 오므리니까, 뭘 봐 새끼들아. 눈깔을 확 뽑아 불라."

갑자기 들려온 소음.

이병웅은 노인석 쪽에서 들려온 고함 소리로 인해 창밖에 고정했던 시선을 돌렸다.

척 봐도 싸가지 없게 생긴 놈들이 겁에 질려 있는 노인을 협박하고 있었다.

놈들의 시선에 겁을 잔뜩 먹은 채 움츠러든 노인의 모습.

그리고 슬금슬금 조금이라도 멀어지기 위해 애쓰는 승객들의 행동.

이병웅은, 대충 상황을 파악한 후 고개를 살짝 비틀었다.

뭔가, 이상하다.

노인의 눈은 겁에 질려 있는 것 같았지만 뭔가 어색했고, 불량배들의 행동도 이상하게 과하다는 판단이 들었다.

시선을 돌려 빠르게 승객들의 모습을 살펴 나갔다.

아직도 이 칸에는 70여 명의 사람들이 있었으나, 이병웅의 눈은 노인석 쪽을 향해 서 있는 남자의 모습에 고정되었다.

다른 사람들과 다르게 그의 시선은 뭔가를 기대하는 눈빛이었고 들고 있는 가방이 정확하게 노인석 쪽으로 향하고 있었다.

*   *   *

처벅, 처벅.

점점 멀어지는 승객들 사이를 지나 불량배가 있는 쪽으로 다가갔다.

그때 불량배 중 한 놈의 입에서 고함이 터져 나왔다.

"너 이 새끼, 전화기 안 내려놔. 너부터 죽어 볼래!"

"전화기 부숴 버린다. 남 일에 함부로 끼어드는 거 아냐. 우린 너희들을 대신해서 싸가지 없는 노인네한테 바른말을 해 주는 거라고. 너희들도 이런 노인네들이 싸돌아다녀서 귀찮아 죽겠다고 했잖아. 안 그래!"

연기 좋고.

피식 웃은 이병웅이 곧장 놈들을 향해 직진했다.

그런 후 연신 고함을 치는 놈들에게 둘러싸여 있는 노인의 앞을 가로막았다.

"넌 뭐야, 이 새끼야!"

"그만하시죠. 어르신이 무척 놀란 것 같습니다."

"왜 남 일에 참견하고 지랄이야. 죽고 싶어서 환장했어?"

"그만하라고 했잖아. 공공장소에서 이게 무슨 짓이야."

"하아, 이 새끼. 간덩이가 부은 놈이네. 너 정말 팔다리가 부러져야 정신을 차릴래?"

중앙에 있던 놈이 손을 올리며 이병웅의 모자챙을 강하게 쳤다.

모자가 벗겨지며 이병웅의 모습이 드러나는 순간, 사람들이 웅성거리는 소리가 들려왔다.

용기를 낸 청년에 대한 흠모와 빛이 날 정도로 잘생긴 얼굴을 확인했기 때문이었다.

모자가 날아간 순간 이병웅은 강렬한 시선으로 중앙의 불량배를 노려봤다.

그런 후 천천히 벗겨진 모자를 줍기 위해 허리를 숙였다.

그때 모자를 쳤던 놈이 떨어진 모자를 짓밟았다.

"이 발 치워."

"못 치워."

일어섰다.

이 정도면 충분히 할 만큼 했어. 그리고 언제까지 이러고 있을 수는 없잖아.

일어서는 속도를 이용해 여전히 모자를 밟고 있는 놈의 다리를 걷어찼다.

그런 후 좌측에 서 있는 자의 옆구리를 주먹으로 갈긴 후 우측에 있는 자를 발을 들어 그대로 밀어 찼다.

순식간에 3명의 불량배가 노인의 곁에서 밀려나며 동시에 쓰러졌다.

당연한 일이지.

이자들은 연기자일 뿐이니 싸움의 기본도 모르는 자들이니까.

불량배들은 번개처럼 터진 주먹과 발길질에 넘어져서 신음 소리를 지르며 일어서지 못했다.

조금 과하게 손을 쓴 건 다시 일어났을 때 벌어질 일들을 미연에 방지하기 위함이었다.

극적인 연출을 위해서는 이 상황이 조작된 것이란 걸 승객들이 알면 안 된다.

여기서 마지막은, 노인이 다치지 않도록 막아선 채 그들이 원하는 영웅이 되어 주는 것뿐이다.

"좋은 말로 할 때 꺼져. 안 그러면 진짜 다친다!"

한편의 액션 영화를 본 것처럼 이병웅의 타격 솜씨는 끝판왕 그 자체였다.

불량배들이 바닥을 기는 순간.

겁에 질려 있던 사람들의 입에서 환호성과 박수 소리가 터져 나왔고 여기저기서 카메라 찍는 소리가 들려왔다.

타이밍 좋고.

지하철이 천천히 정지하기 위해 속도를 늦추는 게 보였다.

이병웅은 쓰러진 불량배들을 뒤로하고 노인 역을 맡은 연기자와 촬영을 하는 사내가 말릴 새도 없이 급한 걸음으로 다음 칸을 향해 이동했다.

사라지는 그의 등을 향해 시민들의 뜨거운 박수가 쏟아졌으나 이병웅은 단 한 번도 돌아보지 않았다.

영웅은 원래 그런 거잖아.

멋있게 사라져야 임팩트가 살고 극적 연출이 되는 거야.

아마, 지금쯤 정거장에는 꽤 많은 카메라와 진행자들이 자신을 맞이하기 위해 기다리고 있겠지.

미안.

정의로운 세상은 없다는 건 당신도 알고 나도 알잖아.

그러니까, 내가 이렇게 한 거 이해해 줬으면 좋겠어.

갑자기 웬 영웅 놀이냐고?

참, 재밌는 사람들이네.

내가 말했잖아. 이 세상은 결코 정의롭지 않다고.

정의롭지 않은 세상을 살면서 이런 기회가 왔는데 걷어차 버리는 건 위선에 불과한 거 아니야?

더군다나, 나는 영웅이 되려고 작정했어.

그러니까 당신이 살아가는 일반적인 삶 속에서 나를 꿰어 맞추려 하지 마.

*　　　　　*　　　　　*

돈을 벌어 보니 별거 아니더군.

돈을 번다는 건 아무나 할 수 있는 일이야.

대신 타고난 머리가 있어야겠지.

세계경제의 흐름을 파악하는 눈이 있어야 하고, 요즘 프로그램들이 가장 중요하게 여기는 엘리어트 파동 정도는 완벽하게 해석할 수 있어야 해.

정책 금리의 흐름을 알면 국채, 회사채 금리 정도는 간단하게 이해할 수 있어.

환율도 마찬가지.

각국의 경제 상황에 따라 환율은 변화가 돼.

그러니까 세계 각국의 수출입 동향과 GDP, 그 나라의 신기술 개발 현황과 발전 가능성, 그리고 미국을 비롯한 주요국의 정치 동향 정도만 알면 환율도 예측할 수 있어.

이런 지식들은 한번 익혀 놓으면 영원히 써먹을 수 있는 재산이지.

각종 정보만 놓치지 않고 꾸준히 업데이트만 하면 돈 버는데 그리 많은 시간을 소비할 이유가 없단 뜻이야.

그런 이야기 알아?

진짜 고수는 상승장에서 자신의 자산을 몰빵하고 해외여행을 가서 6개월 정도 실컷 놀다가 들어와.

그런 후 까마득히 올라간 주식을 매도해서 돈을 번 후, 또 놀아.

내가 엔터테인먼트 회사와 계약을 맺은 것도 그런 이유가 있기 때문이야.

완성된 지식을 가졌으니 나는 먹고 놀아도 누구보다 커다란 돈을 벌 자신이 있어.

물론 나중에 신기술을 가진 기업들을 인수하고 관리하게 된다면 지금보다 훨씬 바빠지겠지만, 그럼에도 지금의 내 행동은 별반 달라지지 않을 거야.

인생은 내가 행복해야 즐거운 거니까.

인생의 즐거움이 돈 버는 데만 있다면 그놈이 사람이냐?

아무것도 안 하고 돈 버는 데 인생의 모든 시간을 올 인 하는 게 얼마나 어리석은 짓이야.

다시 말하지만 난 결코 바른 생활의 사나이가 되지 않을 거다.

정의롭지 않은 세상에서 혼자 잘난 체하며 정의로운 척하지 않을 것이고, 남의 눈을 의식해서 위선적으로 살지도 않을 거야.

그러니까 날 그냥 내버려 둬.

당신의 상식에 나를 꿰어 맞추지 말란 말이야.

*   *   *

'정의가 간다' PD 황용하는 진행자들이 상황을 설명하며 안타까워하는 모습을 연신 연출하고 있었지만 팔짱을 낀 채 무표정하게 서 있었다.

그들로서는 돈을 받고 출연했으니 본분을 지키기 위해 애를 쓰는 것이나 아무런 감흥도 일어나지 않았다.

이제 이번 촬영만 하고 마무리 지을 생각이다.

"경종아, 이제 슬슬 끝내자. 더 해 봤자 소용없어."

"예."

AD 윤경종이 입맛을 다시며 무전기가 있는 쪽으로 향했다.

예상은 했지만 아무런 성과 없이 촬영이 끝나자 입맛이 씁쓸했다.

그때, 진행을 맡고 있던 정일형의 목소리가 갑자기 커졌다.

"아, 한 청년이 다가서고 있습니다. 문 쪽에서 서 있던 청년입니다. 아우, 과연 저 청년이 과연 할아버지를 구해 낼 수 있을까요. 정말 떨리는 순간입니다!"

정일형의 멘트를 들은 황용하가 먼저 모니터 쪽으로 뛰어왔고 그 뒤를 윤경종이 따랐다.

그리고 벌어진 상황.

머리가 하얗게 비워지는 느낌.

그 짧은 순간 다가선 청년이 3명의 불량배를 순식간에 해치우는 장면이 고스란히 시야에 잡히는 걸 보며 황용하가 비명을 질렀다.

"쟤… 쟤, 이병웅입니다."

"이병웅? 환상의 파트너에 나왔던 이병웅!"

"맞아요, 틀림없습니다."

미치고 펄쩍 뛰고 싶은 걸 간신히 참으며 전 스태프들이 미친 듯 승강장을 향해 달려 나갔다.

뚱뚱한 몸을 이끌고 정일형이 뛰었고 그 뒤를 촬영 스태프들이 전력 질주 했다.

하지만 이병웅을 잡을 수 없었다.

뭐 때문에 도망간 걸까?

그들이 승강장으로 향했을 때 이병웅은 출입구를 향해 뛰고 있었는데 카메라를 든 채 따라가기엔 그의 속도가 너무 빨랐다.

수많은 스태프들이 닭 쫓던 개들처럼 헐떡거리며 지하철 여기저기에 널브러졌다.

황용하 역시 마찬가지였지만 바닥에 털썩 주저앉은 그는 숨을 고른 후, 윤경종을 소리쳐 불렀다.

"경종아, '창공' 쪽 김윤호 사장 전화번호 가지고 있지?"

"당연히 있죠."

"씨발, 지금 전화해 봐. 아이고, 힘들어 죽겠다."

"이 시간에요?"

"까라면 까. 지금 시간 따질 때야!"

황용하가 빽 고함을 치자 윤경종의 입술 끝이 올라갔다 내려왔다.

PD의 생각이 뭔지 즉시 감을 잡았기 때문이었다.

아무렇지 않게 말했지만, 김윤호는 거물이다.

웬만한 엔터테인먼트 회사들은 방송국 PD들의 밥이었지만 '창공'의 대표 김윤호는 오히려 방송국 PD들이 쩔쩔 맬 정도의 영향력을 지니고 있었다.

웬만한 작가들과 영화감독들, 방송국의 국장급 이상은 전부 그와 연관이 되어 있었다.

그의 로비력은 그야말로 극강 그 자체였는데, 연예계 쪽에서는 그를 보고 미다스의 손이라고 부를 정도였다.

그럼에도 윤경종은 전화기를 꺼내 즉시 전화를 걸었다.

죽어도 어쩔 수 없다.

지금 상황은 김윤호가 자신의 목을 가차 없이 내리쳐도 전화를 걸어야 했다.

송신음이 요란하게 귓가로 들어왔으나, 김윤호는 쉽게 전화를 받지 않았다.

슬쩍 시계를 보자 11시 57분.

벌써 잠이 들은 건가.

그때, 철컥 하는 소리와 함께 중저음의 남자 목소리가 들려왔다.

―여보세요?

"김윤호 사장님이시죠?"

―그렇습니다.

"잠시만 기다리십시오. 저희 PD님 바꿔 드리겠습니다."

통화가 되기를 기다리던 황용하에게 전화기를 넘겨주자 앉아 있던 황용하가 벌떡 일어났다.

"밤이 늦었는데 죄송합니다. 저는 '정의가 간다' 담당 PD인 황용하입니다. 이병웅 씨 일로 내일 만나 뵙고 싶은데 시간이 어떠십니까?"

—이병웅요?

"그렇습니다. 신문에서 이병웅 씨가 '창공'과 계약된 걸 봤습니다. 그렇지 않나요?"

—맞아요.

"중요한 일입니다. 내일 제가 사무실로 찾아뵙겠습니다."

전화기를 끈 황용하가 던지듯 핸드폰을 윤경종에게 건네줬다.

그는 어느새 이빨을 드러내고 있었는데, 상당히 기분 나쁜 표정이었다.

당연한 일이다.

세상이 어디 그렇게 만만하던가.

'창공'에서 이병웅을 스카우트했다는 소식은 한동안 화제가 된 적이 있었다.

어제까지 일반인에 불과하던 사람을 '창공' 같은 거대 기획사가 스카우트했다는 것 자체가 빅뉴스였다.

물론 워낙 '환상의 파트너'에서 이병웅이 보여 준 임팩트가 컸기 때문에 이해하고 넘어갔지만 그건 극히 드문 일이었다.

그런데 이런 일이 생기고 말았다.

극비리에 촬영되는 프로그램에 우연히 나타나, 그것도 '창공' 소속의 연예인이 정의의 사도처럼 척 나타나 할아버지를 구해?

얼마나 우스운 일이란 말인가.

아무리 생각해도 이건 아니다.

'창공'의 영향력으로 봤을 때 방송국의 누군가에게 소스를 받고 고의적으로 이병웅을 보냈을 가능성이 농후했다.

개새끼들.

프로그램의 정보를 빼내어 기획사에 넘겨준 누군가가 방송사에 있다.

그럼에도 더욱 괘씸한 것은 '창공'이었다.

방송국 프로그램을 이용해서 소속 연예인을 스타로 만들려는 행동은 도저히 용서할 수 없는 짓이었다.

사실을 확인하고, 이것이 김윤호의 작품이라면 고발까지 할 생각이었다.

*   *   *

김윤호는 달려온 황용하를 간신히 달래 보낸 후 이병웅과의 통화까지 마치고 기획실장을 불러들였다.

하아, 세상 살다 보니 별일이 다 생긴다.

요즘 한참 뜨고 있는 프로그램 '정의가 간다'는 세간의 시선이 몰려 있을 정도로 인기 프로그램이지만 '창공'과는 아무런 상관이 없었다.

일반인들의 정의감을 보여 주는 프로그램에 '창공'이 나설 이유가 뭐란 말인가.

그런데 이런 일이 생겼다.

황용하의 입장은 충분히 이해가 갔다.

당연하겠지.

이병웅은 특급 스타가 아니다. 겨우 방송에 한 번 출연해서 화제를 뿌렸을 뿐, 그다음엔 방송에 출연한 적도 없다.

그런 친구였으니 방송국 PD 입장에서는 충분히 오해할 만했다.

하지만 자신을 조금이라도 더 잘 알았다면 그게 얼마나 터무니없는 상상인지 금방 알 수 있을 것이다.

이병웅을 스타로 키우는 건 손바닥 뒤집는 것보다 훨씬 쉬운 일이다.

그가 지닌 특별한 외모와 재능은 둘째 치고, 자신의 힘을 일부만 동원해도 이병웅을 단시간 만에 스타로 키울 자신이 있었다.

문제는 최근까지 이병웅이 무대에 서는 걸 고사했을 뿐.

"앉아."

"예, 사장님."

"이야기 대충 들었지?"

"살다 보니 별일 다 생기네요."

"그냥 깔아뭉갤 수 없는 일이야. 만약 그 새끼가 거품 물고 기자들한테 내보내면 '창공'은 치명상을 입을 수 있어."

"이병웅과 통화하셨죠. 걔는 뭐랍니까?"

"그냥 술 마시고 돌아오다 할아버지를 구해 줬단다. 그런 후 그냥 집에 갔대. 사람을 때린 것 때문에 정신이 없었다면서 촬영하는 중인지 정말 몰랐단다."

"참 내, 어이가 없네요."

"공은 우리한테 넘어왔고 사실을 증명하지 않으면 우리가 곤란해져. 황용하에 대해서 알아봤더니 상당한 꼴통이더군."

"어쩌면 좋겠습니까?"

"뭘 어째, 우리의 호프 이병웅의 행적에 대해서 조사해야지. 그건 간단하잖아."

"간단하긴요. CCTV 확인하려면 돈 엄청 깨질 겁니다. 경찰도 동원해야 하고 서울시와 지하철공사까지 가 볼 데가 한두 군데가 아닙니다."

"시끄럽고, 3일 이내에 전부 가져와."

"예?"

"생각해 봐라. 그 많은 사람 중에 동영상 찍은 놈이 없었겠냐. 혹시 동영상이라도 올라오면 어떡할래?"

"아이고."

"그러니까, 총알처럼 움직여!"

기획실장이 인상을 우그러뜨리며 나가는 걸 본 김윤호가 얼굴에 쓴웃음을 띠었다.

재밌다.

당연히 이병웅의 말을 믿는다.

그는 학생이라 방송 스케줄을 잔뜩 내밀어도 지금까지 선택하지 않았던 놈이다.

그런 놈이 스타가 되려고 그런 짓을 할 리가 없지 않은가.

스타는 타고난다더니 정말 그런 걸까?

만약 이병웅이 우연히 촬영 장면에 끼어들었다면 이건 대한민국을 발칵 뒤집어 놓을 일이 될 것이다.

갑자기 3명의 불량배를 해치웠다는 이병웅의 액션 장면이 궁금해졌다.

도대체 어떻게 했기에 셋 다 병원에 입원했단 말인가.

*   *   *

김윤호의 우려는 정확하게 들어맞았다.

그날 저녁, 인터넷에 올라온 하나의 동영상이 대한민국을 발칵 뒤집어 놓았는데, 바로 이병웅이 불량배들을 처리하는 장면이었다.

바람같이 나타났다 바람처럼 사라진 남자.

단 한 번의 출현만으로 수많은 여자들의 가슴을 설레게 만들었고, '창공'이란 거대 기획사에 스카우트되었다는 소식을 전해 줬을 뿐 전혀 모습을 드러내지 않았던 남자.

화면에 담긴 것은 한 편의 영화였다.

순식간에 세 명의 불량배들을 처리하는 이병웅의 타격 솜씨는 감탄이 절로 나올 만큼 황홀했고 강력한 것이었다.

문제는 이것이 영화가 아니라 실제 일어났던 일이란 것이었다.

동영상을 올린 사람은 '어젯밤 지하철의 영웅'이란 제목을 달아 놨는데, 그때의 상황을 상세하게 설명해 놨다.

*   *   *

"어머머… 어머, 다시 돌려 봐. 이거 정말 그냥 싸운 거야?"

"그렇다잖아."

"에이, 그럴 리가 있나. 아마, 영화 촬영하는 걸 동영상 올린 애가 잘못 알고 올린 걸 거야. 그런데 이병웅이 가수가 아니라 배우가 된 건가?"

사람들은 믿지 않았다.

실제 벌어진 일에 연예인이 나왔다는 사실 자체가 사람들을 믿지 못하게 만들었다.

그럼에도 동영상의 클릭 수는 시간이 지날수록 끝없이 올라 갔다.

"영화 촬영 장면이라도 너무 멋있어. 애 정말 볼수록 매력투성 이야. 그렇지 않니?"

"무슨 영환지 찾아봐야겠어. 어떤 영화인지 모르겠지만 난 무 조건 볼 거야. 난 애 노래 부르는 거 보고 완전 반했거든."

제16장
세상 참 재밌어

동영상 클릭 수가 올라가면서 이병웅에 관한 사실은 언론의 집중포화를 받았다.

누구나 의심할 수 있는 사실.

그것도 세간의 관심을 받고 있는 '정의가 간다'란 인기 프로그램이 관여되어 있었기 때문에 언론들은 하이에나처럼 달려들어 '창공'과 이병웅, 그리고 방송사의 커넥션에 대해 집중적으로 파고들었다.

잘 알겠지만 언론의 힘은 무자비하다.

생사람을 때려잡는 건 일도 아니고, 없는 사실도 만들어 사람을 매장시켜 버리는 데 그 어떤 것보다 강력한 힘을 가지고 있다.

처음에는 의혹 보도를 시작했던 언론들은 점점 의혹을 사실화하면서 이병웅과 '창공'을 맹비난하기 시작했다.

기획사가 소속 연예인을 스타로 만들기 위해 절대 해서는 안될 일까지 만들어 냈다며 비난의 수위를 높여 갔고, 설상가상으로 병원에 입원했던 출연자들은 이병웅을 고소까지 했다.

* * *

―이병웅 씨, 주간연예의 한수정 기자입니다. 잠시 인터뷰를 하고 싶은데요.

찰칵.

언론에서 난리가 난 상황에서 이병웅은 집 밖으로 가급적 나가지 않았다.

이렇게 될 것이라 예측했으니 두려움은 전혀 없었다.

지하철에서 나서는 순간부터 앞으로의 진행 상황을 하나씩 추론했고, 자신에게 돌아올 피해보다 훨씬 커다란 이득이 있다는 판단이 선 후 행동에 옮겼다.

아직 때가 아니란 판단에 일주일 동안 칩거를 지속했으나 김윤호로부터 전화를 받은 후 오랜만에 외출을 했다.

일주일이 지났어도 언론은 쉽게 떨어져 나가지 않았다.

별것 아닌 일에 언론은 목숨을 걸며 이병웅의 집을 지켰는데, 그의 모습이 드러나자 벌 떼처럼 달려들었다.

연예부 기자들은 대충 남자와 여자의 숫자가 반반으로 구성된다.

다른 부문의 기자들보다 여자들의 숫자가 많은 건 아무래도 연예계가 지니고 있는 특성이 훨씬 섬세하기 때문일 것이다.

이병웅이 아파트 현관을 나서는 순간 제일 먼저 달려온 주간 연예, 한수정의 얼굴은 붉게 상기되어 있었다.

그녀는 오랜 기다림 끝에 이병웅을 드디어 만났다는 사실에 흥분을 감추지 못했다.

이병웅은 작정을 했기 때문에 기자들을 피하지 않았다.

"궁금한 것에 대해서 답변드리겠습니다. 한 분씩 천천히 해 주시면 고맙겠습니다."

"단도직입적으로 질문드리겠습니다. 그 당시 '정의가 간다'란 프로그램이 촬영 중이란 걸 알고 계셨나요?"

화끈하네.

아니, 어쩌면 가장 효율적인 질문이다.

이곳에 몰려 있는 20여 명의 기자들이 전부 원하던 질문이었고, 지금의 이 상황을 단방에 확인할 수 있는 가장 직접적인 질문이었다.

"아뇨, 저는 전혀 모르고 있었습니다."

"그럼 순전히 정의감 때문에 나섰다는 말인가요?"

"그렇습니다."

"그렇다면 그날 어딜 다녀오신 거죠. 그날의 일을 상세하게 설명해 줄 수 있나요?"

절대 알고 관여한 게 아니란 대답이 나오자, 기자들이 서로 손을 들며 각기 다른 질문들을 쏟아 냈다.

궁금했겠지.

그리고 어떡하든 고의로 관여했다는 증거를 찾아내어 언론의 힘으로 처단하고 싶었을 것이다.

"저는 그날 지인과 함께 종로에서 저녁을 먹고 2차로 술을 마셨습니다. 그런 후 11시가 넘었을 때 지인과 헤어져 지하철을 탔습니다. 지금 여러분이 서 계신 이곳은 구로역과 가까운 제가 살고 있는 아파트입니다. 경로를 살펴보시면 금방 제 말이 이해되실 겁니다."

"같이 있었던 지인은 누군지 밝힐 수 있나요?"

"그건 사생활에 관련된 것이라 밝힐 수 없습니다."

"그럼 이병웅 씨의 주장을 어떻게 증빙할 수 있죠?"

"제가 소속된 '창공'에서 제 행적에 관한 증거물을 확보했다고 방금 전화가 왔습니다. 그쪽에서 확인해 보면 제 행적을 정확하게 파악할 수 있을 겁니다."

"증거물이라면 어떤 겁니까?"

"저는 폭행 혐의로 고소를 당한 상태입니다. 그런 상태였기에 소속사에서 경찰의 협조 아래 제 행적이 담긴 CCTV를 확보한 것으로 알고 있습니다."

이병웅의 말이 떨어지자 그동안 의심의 눈초리로 질문을 이어 나가던 기자들의 표정이 급격하게 변했다.

만약 그게 사실이라면 한마디로 언론은 병신이 될 수도 있었다.

정의감으로 사람을 구하기 위해 위험을 무릅쓴 이병웅을 스타가 되고 싶어 날뛴 철부지 망나니로 매도해 버렸으니, 이 사실이 알려지면 대중의 몰매를 맞게 된다.

그럼에도 당장 중요한 것은 '창공' 쪽에 문제의 CCTV를 확인하는 것이었다.

몰려들었던 기자들이 썰물처럼 빠져나가는 장면을 보면서 이병웅은 쓴웃음을 지었다.

그러다가, 아직도 남아 있는 한수정을 향해 시선을 주었다.

그녀는 어쩐 일인지 다른 기자들과 달리 이병웅의 앞을 가로막고 있었다.

"기자님은 왜 안 가세요?"

"저희는 다른 기자님이 '창공' 쪽으로 갔어요. 자리를 옮겨서 조금 더 대화를 나누고 싶은데 괜찮을까요?"

"그러시죠."

단둘이 자리를 옮긴 건 아니다.

한수정 뒤에는 촬영 기자가 따라붙었고, 세 사람은 아파트 한편에 마련된 정자 쪽으로 자리를 이동했다.

그런 후 한수정이 그때의 상황에 대해서 집요하게 묻기 시작했다.

"상당히 위험한 상황인데 왜 나설 생각을 하셨죠?"

"보기가 불편했습니다. 저는 아무도 도와주지 않는 할아버지를 보며 그분이 느꼈을 절망감에 가슴이 아팠습니다."

"불량배들에게 폭행을 당할 수도 있다는 두려움은 없었나요?"

"있었죠. 하지만 더욱 중요한 것은 그들의 행동이 결코 바람직하지 않다는 것이었어요. 저에게 어떤 불행이 닥쳐도 그 상황만큼은 막아야 되겠다는 생각이 들었습니다."

"동영상을 보면 상당한 싸움 실력을 갖고 계신데요. 혹시 격투기나 그런 운동을 하신 적이 있나요?"

"아닙니다. 특별한 운동을 하지는 않았습니다. 그러나 그땐 저도 모르게 초인적인 힘이 나왔어요."

"아……."

부드러운 미소를 지으며 대답하는 이병웅의 시선에 한수정이 짧은 한숨을 내리쉬었다.

인터뷰를 할수록 빠져드는 영혼의 바다.

이 남자는 이야기를 나눌수록 그녀의 영혼을 점점 더 설렘 속으로 밀어 넣고 있었다.

"궁금한 게 있는데……. 이병웅 씨는 '환상의 파트너'를 통해 강렬한 인상을 남겨 상당한 인기를 끌었어요. 더군다나 '창공'과 전속 계약을 했는데 한 번도 방송에 출연하거나 활동하지 않았어요. 혹시 방송에 출연하지 않는 이유가 있나요?"

"저는 아직 학생입니다. 더군다나, 유학을 준비하고 있기 때문에 연예 활동을 가급적 자제하고 있는 중이에요."

"유학을 준비 중이라고요?"

"그렇습니다. 저는 펜실베이니아 쪽으로 유학을 준비 중입니다."

"헉!"

한수정의 입에서 헛기침이 터져 나왔다.

이병웅이 S대에 다닌다는 특별한 신분이란 건 화제가 되었으니 이미 알고 있었지만, 유학 이야기는 처음 듣기 때문이었다.

그것도 펜실베이니아다.

펜실베이니아의 명성은 알 만한 사람은 전부 알 정도로 경영 쪽에서는 세계 최고의 명문이었으니 한수정의 얼굴은 하얗게 질렸다.

그렇구나.

그래서 이 남자는 방송이나 연예 활동을 하지 않는 것이었어.

그런 사람이 스타가 되기 위해 촬영 현장에 뛰어든다는 게 말이 된다고 생각해?

*   *   *

폭탄이다.

거의 일주일 동안 연예계 뉴스에서 단골로 오르내리던 이병웅.

지금까지의 뉴스는 그가 스타 중독에 걸린 병신쯤으로 치부해 왔다.

하지만 언론들은 김윤호가 제공한 CCTV 화면과 이병웅의 행적을 일일이 짚어 가며 확인 한 후, 그가 정말 정의감으로 할아버지를 구하기 위해 나섰다는 사실을 알렸다.

그리고 또 하나.

언론은 자신들의 행동을 여과 없이 반성한다는 기사를 실었다.

약자를 보호하기 위해 나선 영웅을 색안경 끼고 바라보았던 자신들의 치졸한 행동, 그리고 언론을 포함해서 사회 전반에 깔려 있는 무책임한 의심를 경계해야 된다는 기사들을 앞다퉈 실었다.

이례적인 일이었다.

언론이 자신들의 잘못을 이토록 신속하게 반성한다는 건 정말 드문 일이었다.

하지만 그들은 그렇게 할 수밖에 없었을 것이다.

이병웅이 순수한 마음으로 할아버지를 구하기 위해 나섰다는 기사가 나오면서 대중들의 반응이 폭발했기 때문이었다.

대중들의 반응은 이병웅에 대한 찬사와 더불어 그동안 열심히 씹어 대던 언론을 향해 십자포화를 퍼부었다.

*   *   *

한수정은 요즘 정신없이 바빴다.

이병웅의 일이 터지고 난 후부터 그의 기사를 전담하면서 '정의가 간다' PD부터 지하철에서 불량배 역할을 맡았던 사람까지 취재했고, 촬영 현장을 통제했던 지하철 공사 직원과 심지어 담당 형사까지 만났다.

다행히 폭행을 당했던 사람들은 방송국의 중재로 인해 고소를 취하했는데, 실제로 다친 곳도 없었다.

그녀가 오늘 취재를 위해 찾아간 곳은 UFC 웰터급 세계 랭킹 3위인 김성현의 전담 코치 윤민수가 일하는 체육관이었다.

여전히 대중들의 화제가 이병웅에게 집중되었는데, 내일 프로그램 정규 방송이 전파를 타게 된다면 또다시 엄청난 반향을 불러일으킬 것이다.

정규 방송도 아직 노출되지 않은 상태에서 이 정도였으니 방송이 되고 나면 그 폭풍이 얼마나 클지 짐작조차 되지 않았다.

"코치님, 안녕하세요. 주간연예의 한수정이에요. 시간 내주셔서 감사합니다."

"별말씀을요. 저야 영광이죠."

시큼하게 다가오는 땀 냄새.

방금 전까지 운동을 했는지 윤민수의 상의는 온통 땀으로 젖어 있었다.

"사실 사전에 말씀드린 것처럼 이병웅 씨 때문에 왔어요. 여자인 제가 봤을 때 이병웅 씨의 싸움 실력이 어마어마한 것 같은데, 전문가인 코치님이 보기엔 어떤가 의견을 듣고 싶거든요."

"저도 그 동영상 봤습니다."

"어땠나요?"

"그냥 일반인이 아니에요. 이병웅 씨는 아마, 특별한 무술을 익혔거나 아니면 격투기 종류의 운동을 계속해 왔을 겁니다. 일반인들은 절대 저런 행동을 할 수 없어요."

"어떤 면에서 그렇죠?"

"싸움을 전문적으로 하는 사람들은 싸우기 전에 자신의 경로를 미리 그려 봅니다. 상대방의 반응, 그리고 약점, 상황 등을 자신에게 최대한 유리한 쪽으로 이끌죠. 이병웅 씨의 싸움을 보면서 제가 놀랐을 정돕니다. 그는 상당한 격투 실력을 가진 사람입니다."

"아, 그런가요?"

한수정의 입이 한껏 벌어졌다.

도대체 이 사람의 끝은 어딜까?

수재들만 다닌다는 S대 경영학과 4학년에 기타와 노래가 죽여

주고, 이젠 싸움 실력까지 엄청나단다.

기자 생활을 하며 특별한 사람들을 수없이 만나 봤지만, 정말 이런 경우는 처음이었다.

그럼에도 한수정은 자신의 핸드폰에 저장되어 있는 동영상을 꺼내어 재생시킨 후 궁금한 점들을 계속 물었다.

아마, 다른 기자들은 이렇게까지 하진 않았을 것이다.

그녀가 연예계 쪽에서 민완으로 능력을 인정받는 건 이런 노력이 있기 때문이었다.

*   *   *

드디어 말도 많고 탈도 많았던 '정의가 간다'가 방송되는 날.

아침부터 인터넷 포털 사이트는 이병웅이 출연하는 '정의가 간다'로 온통 시끌벅적했다.

실검 1위에 다시 등록된 이병웅.

2위는 바로 '정의가 간다'였다.

사람들의 관심이 얼마나 큰지는 포털 사이트는 물론이고, 각종 SNS의 관련 단어를 보면 알 수 있다.

"미숙아, 뭐 해. 빨리 와."

"시작했니? 시작했어?"

헐레벌떡 달려온 김미숙이 텔레비전 화면을 본 후 신희연을 향해 레이저를 쐈다.

아직 화면에서는 광고가 흘러나오고 있었기 때문이었다.

"앉아라, 역사적인 장면을 볼 땐 맥주부터 마셔 줘야 해."

"야, 그래도 소변 볼 시간은 줘야지. 제대로 털지도 못하고 나왔잖아!"

"호호… 괜찮아. 우리 병웅이 보면 또 젖을 텐데 뭐 하러 닦아."

"아우, 야한 지지배."

"나만 그러겠니. 여기저기 이야기를 들어 보니까 여자애들 관심이 온통 오늘 나오는 이병웅뿐이었어. 아마, 오늘 여러 곳에서 곡소리 나올 것 같아."

"곡소리? 신음 소리 아니고?"

"하여간, 나보다 더해. 넌 천생이 색녀야."

"호호… 그런가?"

이번 회차 '정의가 간다'는 상당히 지루하게 진행되었다.

건장한 불량배들에게 함부로 다가가지 못하는 시민들의 모습이 계속 이어져 보기 민망했고, 이병웅의 사건으로 인해 온통 관심이 그쪽에 쏠렸기 때문이었다.

"아우, 걔는 언제 나오는 거야?"

"기다려 봐. 이제 곧 나오겠지."

"하여간, 방송국 하는 짓을 보면 토 나와. 꼭 하이라이트는 맨 끝에 보여 준다니까."

"옳소!"

신연희가 맥주를 벌컥벌컥 마시며 소리를 지르자 김미숙이 맞장구를 쳤다.

그때, 네 번째 에피소드가 끝나고 진행자의 모습이 보였다가 다른 장면이 떴다.

그리고 눈에 들어온 한 남자.

그녀들의 시선은 화면을 가득 채운 연기자들이 아니라, 출입구 쪽에 서 있는 한 남자에게 고정되었다.

"쟤 맞지?"

"맞네, 맞아. 모자를 깊게 눌러써서 얼굴을 가렸지만 분명해. 저런 몸매가 어디 흔하겠니?"

"오우… 좋았어. 드디어 이병웅이 나오는 차렌가 보다."

두 여자가 초집중 모드로 변했다.

그동안 맥주를 마시며 장난치던 모습은 어디론가 사라졌고 영화의 결정적 하이라이트를 보는 것처럼 침을 꼴깍 삼키며 화면을 뚫어지게 바라봤다.

잘하면 화면 안으로 들어갈 기세였다.

"간다, 가!"

"이씨, 걷는 것도 멋있네."

드디어 이병웅이 불량배들을 향해 걸어가는 순간, 그녀들의 입이 동시에 열렸다.

그런 후, 불량배들과 이어진 짧은 대화.

더없이 긴장되고 실제였다면 무서워 서 있기도 힘든 상황이 펼쳐졌다.

인터넷에 올라온 동영상에는 소리가 담겨 있지 않았기에 어떤 대화를 나눴는지 알 수 없었으나, 막상 이병웅과 불량배가 대화하는 장면을 보게 되자 결과를 알고 있었음에도 소름이 쫘악 끼쳤다.

―이 발 치워.

―못 치워.

그리고 시작된 액션.

"우와, 죽여준다."

"정말 날아다니네. 쟨 액션 영화 찍어야 해."

모자가 날아가고 잘생긴 얼굴이 화면에 나오는 순간부터 두 손을 맞잡은 채 반쯤 엉덩이를 일으켰던 두 여자가 동시에 비명을 질렀다.

이미 본 동영상이었지만, 실제 화면을 통해서 보자 그 감동이 달랐다.

더군다나 모든 과정이 고스란히 펼쳐졌고 대화까지 가미되자 긴장으로 인해 오줌이 찔끔 마려울 지경이었다.

액션이 끝나고 이병웅은 도망치듯 자리를 떴기 때문에 연기자들과 카메라맨이 당황하는 모습이 잡혔다.

방송 관계자들은 이렇게 될 줄 차마 몰랐던 것 같았다.

그다음 프로그램 마무리 장면이 나왔으나, 이미 그녀들의 시선은 허공에 붕 떠 있었다.

"미숙아, 나 아무래도 팬티 갈아입어야 될 것 같아."

"휴우… 나도."

*   *   *

방송이 끝난 후 인터넷은 다시 이병웅에 관한 글들로 도배가 시작되었다.

온통 그의 정의감과 행동에 찬사를 보내는 글들이었고, 고의적 출연 여부에 대한 논란을 완벽하게 잠재우는 글들이었다.

―생각해 봐. 걔가 촬영을 알고 나타난 거라면 왜 마지막에 출현하겠어. 종로에서 탄 놈이 어떻게 마지막 촬영 시간에 딱 맞춰 도착해. 촬영 끝나고 철수하면 도로 아미타불인데, 안 그러냐?

―저건 아무리 봐도 사실이야. 창가에 서 있다가 한참을 망설인 끝에 걸어가잖아. 저게 어떻게 가짜냐!

―후덜덜. 이병웅 끝내주네. 어디서 놀았었나 봐.

―함부로 까불면 맞아 죽겠네. 요즘 연예인들은 격투기도 배우나?

―꺄아, 나의 워너비 병웅 오빠. 너무너무 멋있어요.

―남자인 내가 봐도 멋있네. 여자들이 좋아할 만해. 인정!

―한 번만 만나게 해 줘. 난 오늘부터 병웅 오빠의 여자야!

이런 경우를 본 적이 있는가.

단 두 번의 노출만으로 대한민국을 발칵 뒤집어 놨으니 이런 현상은 방송 역사상 전무후무한 일이었다.

더군다나 이병웅에 대한 사람들의 반응은 호감 일색이었다.

또 한 번의 신드롬.

이번 신드롬이 '환상의 파트너' 때와 다른 건 남자들의 반응이 이전과 다르다는 것이었다.

그 당시에는 상당수의 댓글에서 거부 반응을 보였지만, 이번엔 남자들 역시 찬양 일색이었다.

*　　　　*　　　　*

"이놈, 정말 끝내주는군."

"그러게 말입니다. 제대로 된 출연조차 하지 않고 특급 스타 반열에 오르다니, 정말 어이가 없네요."

"그게 이놈의 특별한 능력이다."

기획실장 정인태의 말을 들은 김윤호가 손가락을 입에 물고 쓴웃음을 지었다.

그는 곤란한 일이 생기면 언제나 이런 자세를 취한다.

"사장님, 벌써 10군데에서 요청이 왔습니다. 무슨 수를 쓰든 자기네 회사 광고에 출연시켜 달랍니다. 대우는 특A급으로 하겠다며 애걸복걸하고 있어요."

"자식들, 역시 광고쟁이들이라 그런지 보는 눈이 있구만."

"특A급들은 최소 5억 이상부터 시작합니다. 어떻게 할까요?"

"뭘 어째, 그놈한테 물어봐야지."

"사장님도 아시겠지만 광고는 모든 연예인들의 꿈입니다. 촬영하는 데 며칠 걸리지 않고 막대한 돈을 벌 수 있잖아요. 저도 계약 내용을 봤습니다. 그러나 오래 걸리는 게 아니니까 적극적으로 설득해야 됩니다."

"걔는 돈이 문제가 아니야. 돈에 욕심 있는 놈이었으면 계약금을 안 받았을 리 없어."

"그래도……."

정인태가 입술 끝을 끌어 올리며 자신의 의견을 관철시키기 위해 표정을 바꿨다.

하지만 그의 말은 중간에 끊겼다.

김윤호가 손을 들어 그의 말을 제어시켰기 때문이었다.

"기다려 봐. 내가 한번 만나 볼 테니까. 계약을 했다는 건 언젠가 출연하겠다는 뜻 아니겠어? 그러니 광고주들 킵 해 놓고 갔다 올 때까지 기다려."

*　　　　*　　　　*

이병웅은 지금의 상황을 바라보며 골똘히 생각에 잠겼다.

자신의 예측대로 일은 흘러갔고, 결과는 더없이 좋게 나왔다.

문제는 이런 현상을 어떻게 이용하냐는 것이었다.

대중적인 인지도를 갖는다는 건 좋은 점과 나쁜 점이 공존한다.

스타가 되어 대중의 사랑을 받는다는 건 커다란 부와 명예가 보장되지만, 반면 수많은 행동제약이 따른다.

모든 사람들이 알아본다면, 그리고 그 시선들이 시도 때도 없이 집중된다면 결코 행복할 것 같지 않았다.

그럼에도 이병웅은 결론을 내리고 자리에서 일어났다.

이 세상의 정점에는 어떤 자들이 존재하고 있는지 생각해 봤어?

경영과 금융을 공부하면서 늘 생각하고 고민했던 게 바로 그거야.

그런 게 있을 리 없다고?

모르는 사람들은 그렇게 생각하겠지.

그러나 조금만 더 고민해 보면 절대 그렇지 않다는 걸 알 수 있을 거야.

단순히 화폐로 계급을 나눈다면 이 세상에 얼마나 많은 계급 구조가 있을지 상상해 본적 있어?

책이나 잡지, 언론을 통해서 수없이 본 계급 구조.

상류층, 중산층, 하류층이란 피라미드 구조 본 적 있잖아.

그게 바로 계급 구조야.

귀찮아서 대충 구분해 놓았지만, 그 속에는 엄청나게 많은 계급 구조가 존재해.

결국, 최하층부터 계속 올라가다 보면 결국 이 세상을 돈으로 지배하는 자가 나와.

왜 이런 소리를 하냐고?

지금이 신용화폐 사회니까.

신용화폐의 특성은 있는 자가 없는 자를 지배하는 특수 구조로 연결된다는 걸 알 거야.

사장이 종업원을 개처럼 부려 먹고, 그 사장은 그보다 더 큰 회사의 사장들에게 설설 기며 아부를 해.

기업들은 사원보다 대리의 월급이 많고, 직책이 올라갈수록 더 많은 돈을 받아.

지금의 금융 구조가 그래.

돈으로 직책과 권위, 명예가 결정되는 세상이라면 세상의 정점에는 누군가가 있지 않겠어?

그리고 나는 그자들이 대충 누군지 짐작이 가.

언젠가는 부딪쳐야 될 자들.

너무 웃기고 황당한 이야기라 치부하면 할 말은 없어.

불과 얼마 전까지 여자들에게 차여 눈물까지 흘리던 떨거지 놈이 못하는 소리가 없다며 웃는다 해도 괜찮아.

하지만 계속 웃기만 한다면 소리 소문 없이 죽을 수도 있어.

당신도 알다시피 나에게는 '밀애'란 특수 능력이 생기면서 엄청난 변화가 일어났거든.

원래도 좋았던 머리가 '밀애'의 특수 능력을 얻으면서 한 단계 업그레이드되었고, 결정적인 변화는 내 가슴에 야망이 불끈거리며 끝없이 생성된다는 거야.

그러니 생각해 봐.

세상의 정점에 서고 싶은 내가, 결국은 지금까지 세상의 정점에 서 있는 자들을 의식해야 되지 않겠어?

그자들은 노출되지 않은 신분으로 어둠속에서 세상을 지배하고 있으니, 결국 내 선택은 그들과 반대로 세상에서 가장 유명한 자가 될 수밖에.

또 웃겠네.

그러나 당신이 웃는 순간 영원히 그들의 노예가 되어 한평생 개처럼 일하다가 죽을 수밖에 없다는 거 잊지 마.

'밀애'를 이용하면 세상의 모든 여자들을 내 편으로 만들 수 있다는 걸 알았으니 난 이제 세상에서 가장 유명한 사람이 될 거야.

어둠속에서 은밀하게 움직이는 그들과 달리 세상에서 가장 유명한 인간이 되어 그들이 지닌 기득권과 당당하게 싸워 나가려 해.

너무 이분법적 사고로 세상을 이상하게 바라본다고 생각해?

그렇다면 당신 스스로를 돌아봐.

당신이 지금까지 벌어 놓은 돈으로 얼마나 많은 행복들을 살수 있는지 살펴본다면 내 말이 틀리지 않다는 걸 알게 될 거야.

나는 공언한 것처럼 세상에서 가장 커다란 재벌이 되고 싶어.

지금까지 번 돈은 푼돈에 불과하고, 누구도 상상하지 못할 만큼 막대한 돈을 끌어모을 생각이야.

내가 펜실베이니아에 가려는 이유가 뭔지 이제 대충 짐작이가?

세계경제의 중심, 미국.

그 미국에 터전을 잡기 위한 가장 좋은 방법은 바로 펜실베이니아로 날아가 월스트리트를 접수하는 것뿐이야.

*   *   *

"사고를 크게 쳤더군."

"사고는 작았는데, 일이 크게 벌어진 거죠."

"자네, 여전히 돈은 필요 없지?"

"돈이 왜 필요 없겠어요. 돈이야 많으면 많을수록 좋은 거 아닙니까. 돈 많은 사장님께서 이렇게 뛰어다니는 것도 돈 때문 아닌가요?"

이병웅이 씨익 웃으며 바라보자 김윤호의 얼굴이 슬쩍 굳어졌다.

도대체 알 수가 없는 인간이다.

뒷조사를 해 봤지만 이병웅의 재정 상태는 그리 좋은 편이 아니었다.

부모 집에 얹혀살았고, 지금 이병웅의 아버지는 실직 상태라 어떡하든 돈을 벌어야 할 형편이었다.

하지만 놈의 태도는 돈에 달관한 심산유곡의 도사를 보는 것 같았다.

"단도직입적으로 말하지. 자네에게 광고 출연 해 달라는 요청이 봇물처럼 터지고 있어. 전부 특A급을 약속해 왔네. 특A급은 편당 최소 5억이지. 그리고 촬영 기간도 해외 로케가 아니라면 길어야 일주일을 넘지 않아."

"출연하겠습니다. 대신 해외 로케는 없는 것으로 하고 편당 출연료는 10억으로 해 주세요."

"헉!"

이미 생각하고 있었다는 듯 지체 없이 이병웅이 대답하자 강심장인 김윤호의 입이 떡 벌어졌다.

편당 10억.

말이 편당 10억이지, 그 정도의 돈은 지금 현재 가장 잘나간다는 플러스 10개짜리 황수인도 받지 못한다.

"그게 가능하다고 생각해?"

"사장님은 불가능하다고 생각하시나요?"

"음……."

"만약 사장님이 불가능하다고 생각한다면 제가 사람을 잘못 본 거겠죠."

"전혀 타협은 없는 건가?"

"제가 타협할 사람으로 보입니까?"

"타협을 할 거라 생각했다면 내가 자네를 잘못 본 거겠지. 좋아, 자네 의견을 그대로 가져가겠네. 가서 당당하게 말하고 받아들이는 회사와 계약을 추진하지."

"좋은 생각이십니다."

"만약 없다면?"

"없다면 만들어야겠죠."

"어떻게?"

"더 유명해지면 됩니다."

"푸하하… 명언이야. 크큭… 정말 명언이야."

김윤호가 들어선 후 처음으로 통쾌하게 웃었어.

10억이 말이 안 된다고 누가 말했어.

처음부터 광고 회사 10군데 중 최소 5곳은 받아들일 것 같다는 판단이 섰다.

눈앞에 있는 이병웅의 특별함을 감안한다면, 오히려 더 불러도 받아들일 놈들이 있을 것 같았다.

그럼에도 그는 기획사 사장답게 절대 그 판단을 입으로 꺼내지 않았다.

"유명해지려면 활동을 해야 돼. 자네는 지금까지 계약한 후 한 번도 방송에 출연한 적 없어. 지금 광고사뿐만 아니라, 방송 쪽과 영화 쪽에서도 자네의 출연을 타진하기 위해 문의 전화가 빗발치는 중이야. 여기 그중 괜찮은 것들만 뽑아 왔으니까 잘 생각해 봐."

*　　　　*　　　　*

개인투자가들이 주식시장에서 실패하는 이유는 수도 없이 많다.

'대일전자에 호재가 큰 놈이 있대. 무조건 사 놓으면 100%는 먹을 거야.'

이런 말 많이 들어 봤을 거다.

하지만 남의 말을 듣고 사는 사람은 거의 100이면 100 다 깨지게 되어 있다.

왜?

스스로 공부하지 않고 투자하는 건 내 돈 여기 있으니 가져가라고 사정하는 것과 다르지 않기 때문이다.

주식에서 돈을 벌기 위해서는 최소 5가지는 봐야 한다.

당기순이익, 유보율, 매출액, PER, PBR.

이 정도만 체크해도 최소한 사망은 면할 수 있다.

그러나 상당수의 사람들은 이런 것조차 모른 채 남의 말만 믿고 투자하니, 그 돈은 결국 남의 돈이 되고 만다.

이병웅은 옵션으로 번 돈 중 브렌트유에 투자하고 남은 돈을 고이 모셔 놨다.

종잣돈을 만들었으니 이제부터는 투자의 정석을 지키며 철저하게 운영해 나갈 생각이었다.

3주가 지났을 뿐인데, 브렌트유는 17%나 상승한 상태였다.

친구들은 이제 팔아야 된다며 안달복달했지만, 이병웅은 눈 하나 깜빡하지 않았다.

금융 애널리스트들은 유가가 정점에 온 것처럼 떠들어 댔으나, 그는 리포트를 보면서 가소롭다는 듯 웃었다.

아직 아니다.

중국의 성장이 지속되고 OPEC의 증산이 없는 한 유가는 고공행진을 거듭할 수밖에 없는 상황이었다.

"철욱아, 외국인들 움직임은 어때?"

"꼼짝도 않네. 하루에 평균 1조 정도 거래하는데 순매수, 순매도 규모는 500억에서 1,000억 정도야. 샀다 팔았다, 미친년 널뛰기하는 것처럼 지랄 중."

"만지는 건?"

"시총 상위주들. 특히 삼전."

"선물이겠구나."

"응, 단타."

지금 외국인들은 현물에서 사고팔기를 반복하며 선물을 집중적으로 매매하고 있었다.

예를 들면 이런 거다.

오늘, 현물을 시총 상위주 중심으로 500억을 순매수하며 선물을 2,000억 걷어들인다.

그리고 다음 날 500억 정도 추가 순매수하면서 주가를 상승시킨 후 사 놨던 선물을 매도하면 외국인들은 단타로 상당한 수익을 올릴 수 있다.

다음은 반대 패턴.

이틀 동안 순매수했던 현물 1,000억을 집중 매도하면서 주가 지수를 떨어뜨리고 선물을 3,000억 정도 사 놓는 방식이다.

이것이 외국인들이 한국 시장을 ATM기로 여길 만큼 쉽게 돈 버는 방법이었다.

하지만 이건 장난질에 불과했고, 놈들은 곧 큰 시장을 만들기 위해 서서히 작전을 시작할 것이다.

그때가 진짜다.

그땐 1,000억 이상 단위의 매수 물량이 매일 집중되는데, 그 타이밍을 맞춰야 한다.

"누나한테는 아직이야?"

"응."

"그 새끼들 되게 꾸물거리네. 도대체 언제 할 거래?"

"밥이 익어야지. 어제 통화했었는데 거의 뜸은 다 들었나 봐."

자사주 이야기였다.

정설아가 흘린 5대 그룹의 자사주 매입이 점점 코앞으로 다가오고 있었다.

그때, 주머니에 넣어 두었던 전화벨이 울렸다.

"어, 누나."

―유니콘, 정인화학. 2개. 수요일부터 시작이야.

"유니콘하고 정인화학! 오케이."

―수고해.

"오늘 뭐 해?"

―왜?

"보고 싶어 그러지."

―나 오늘 본부장단과 회식 있어. 그나저나 지금 빨리 움직여
야 해. 정보가 새어 나가면 벌 떼처럼 몰려들 거야.

"알았어."

급하게 대답한 이병웅이 전화를 하면서 친구들을 향해 급하
게 원을 그렸다.

눈치가 빠른 놈들이었으니 무슨 사인인지 모를 리 없다.

"닥치는 대로 매수해."

"얼마나?"

"할 수 있는 데까지."

"씨발, 정신없겠네."

각기 대답한 두 놈의 손이 미친 듯 움직이기 시작했다.

이제부터는 시간 싸움이었다.

이미, 유니콘과 대일화학의 주가는 기지개를 켜는 것처럼 꿈
틀거리는 중이었다.

최대한 끌어모은다.

어차피, 대기업에서 자사주를 매입하는 이유는 주가를 끌어
올리기 위함이었으니 당분간 주가는 계속 상승할 수밖에 없었
다.

*　　　　　*　　　　　*

"10억을 달라고요?"

"해외 로케는 안 하는 조건으로."

"환장하겠네."

우리나라 최고의 광고 기획사 '영풍'의 대표 정광철은 김윤호의 말을 들으며 허벅지를 탁탁 내려쳤다.

그들 회사에서 제안한 광고의 숫자는 전부 12개.

그중 5개가 이병웅한테 몰려 있는 상황이었다.

"김 대표님, 그게 말이 된다고 생각하십니까. 이제 막 태어난 햇병아리가 너무 배 튀어나온 거 아니에요?"

"햇병아리를 왜 쓰려고 하시죠? 다른 기획사를 찾아가 보면 진짜 햇병아리들 많습니다. 걔들 아마 3천만 원만 줘도 절까지 하면서 따라올 겁니다."

"진짜 이러깁니까?"

"사장님은 진짜 이병웅이 햇병아리라고 생각하시나요?"

"끄응."

"걔를 찾았을 때는 그만한 광고 가치가 있다고 생각하셨을 거 아닙니까. 그렇지 않다면 뭐 하러 오퍼를 넣었겠어요."

"햇병아리란 말은 취소하겠습니다. 그래도 이건 너무하잖아요. 좋습니다. 우리 광고주가 특별히 이병웅을 찍었을 정도로 돈 가치가 있다는 거 인정하겠습니다. 그래서 특A급 대우까지 해 주겠다고 말한 거고요. 하지만 10억은 말이 안 되는 겁니다. 현재 광고판에서 그 정도 돈을 받는 놈은 아무도 없어요."

"저도 압니다."

"만약, 우리가 걔한테 10억을 준다면 광고판이 전부 흔들린다는 거 잘 아시잖습니까?"

정광철의 목소리가 올라갔다.

무슨 뜻인지 잘 안다.

현재 최고의 대우를 받은 황수인도 최근 들어 찍은 광고에서 7억 5천을 받았다.

황수인이 누군가.

대한민국 최고의 여배우이자 무려 천만 관객을 3번이나 동원한 스타 중의 스타였다.

정광철이 우려하는 건 이병웅에게 10억이 주어졌을 경우, 광고판의 스타 몸값이 대폭 상승하는 기폭제로 작용된다는 것이었다.

"저한테 화내 봤자 무슨 소용이 있겠습니까. 저도 그랬죠. 걔가 이쪽 세상을 전혀 모르기 때문에 그냥 질러 보는 거라 생각해서 열심히 설득했습니다. 10억이 누구 애 이름입니까."

"그런데요?"

"그런데 그 친구, 끄떡도 안 해요. 10억 아니면 안 찍겠답니다. 돈에 대해서 개념이 전혀 없는 것 같아요…… 오죽하면 우리와 계약할 때 계약금도 필요 없다고 그랬겠습니까."

"휴우… 미치겠네."

"이병웅은, 방송에 출연하라고 우리 쪽에서 매일 스케줄을 보내 줘도 지금까지 한 번도 출연하지 않았어요. 그래서 이번 광고 때문에 제가 쫓아가서 사정까지 했습니다. 방송이야 그렇다고 쳐도 광고는 찍자. 광고는 시간이 얼마 안 걸리고 이미지가 좋아져서 연예인들은 전부 목을 맨다. 그랬더니 뭐라는 줄 아세요?"

"뭐랍니까?"

"필요 없답니다. 자기는 공부하는 학생이라서 인기 같은 거 필요 없대요."

김윤호가 담뱃갑에서 담배 한 가치를 꺼내 들며 고개를 설레설레 흔들었다.

자신도 이병웅에 대해서는 포기했다는 걸 단적으로 보여 주는 행동이었다.

그러자, 정광철의 얼굴이 더욱 굳어졌다.

"알겠습니다. 오늘은 이만 돌아가죠."

"좋은 대답드리지 못해 죄송합니다."

"그게 어디 김 대표님 탓이겠습니까. 철없는 그놈 탓이지."

시큰둥한 말을 남긴 채 정광철이 문을 나서는 걸 보며 김윤호의 얼굴에서 희미한 웃음이 떠올랐다.

정광철이 마지막 남긴 말은 가시가 왕창 박혀 있었다.

왜 모르겠나.

광고판에서 짱을 먹었다는 건 영업력과 타고난 감각이 있고 그만한 수완이 병행했다는 뜻이다.

자신은 오리발을 내밀며 이병웅 쪽으로 모든 이유를 돌렸지만, 그는 절대 믿지 않았을 것이다.

그래도 상관없다.

그와의 대화에서 뇌리를 스치며 떠다닌 감각을 믿었다.

이건 된다. 반드시 저놈은 다시 고개를 수그리며 나타나게 될 것이다.

*   *   *

자사주 매입의 특징은 공시가 먼저 선행된다는 것이었다.

왜? 법이 그렇게 되어 있으니까.

또, 하나.

자사주 매입은 정해진 물량을 확보할 때까지 매입하기 때문에 언제까지 오를지 알 수 없다.

그렇기 때문에 계속 물량 카운팅을 해야 실패할 가능성이 적다.

'제우스'가 2개 기업에 대한 매수를 시작하고 이틀 후, 자사주 매입 정식 공시가 떴다.

주가가 미친 듯 날아가기 시작했다.

이번 자사주 매입 금액은 유니콘이 2천억, 정인화학이 3천억이었다.

자사주를 매입하는 가장 큰 이유가 주가를 띄우는 것이기에 공시를 낸 후에도 기업들은 매입을 서두르지 않는다.

하지만 일반 투자가와 금투 세력들은 다르다.

시간이 곧 돈이었으니 무슨 수를 쓰더라도 물량을 선점하는 놈이 장땡이다.

유니콘에 70억, 정인화학에 들어간 게 90억. 전부 합쳐 160억을 쏟아부었다.

더 사고 싶어도 살 수 없었다.

추격하며 무조건 매집을 했으나, 정보가 빠른 놈들이 서로 추격 매수를 했기 때문에 물량을 더 이상 잡기 어려웠다.

그럼에도 성공적이었다.

정설아가 준 정보는 그쪽 세계에서도 가장 빨랐기에 다른 놈들보다 먼저 물량을 선점하는 시간을 벌 수 있었다.

"이제 기다리기만 하면 되겠네."

"그렇지."

"무섭군, 벌써 20%나 올랐어."

"씨발, 이젠 돈이 돈으로 안 보인다. 저 빨간색 숫자가 마치 지옥에서 내 영혼을 부르는 손짓으로 보여."

문현수가 한숨을 길게 내리 쉬며 의자에 몸을 묻었다.

그도, 홍철욱도 제우스에서 일을 하는 순간부터 돈에 대한 감각이 무뎌진 것 같았다.

그럼에도 이성은 새파랗게 살아 있었다.

"병웅아, 우리가 자사주에 신경 쓰는 동안 외국 놈들이 움직이기 시작했어. 삼전을 비롯해서 현태차를 집중적으로 사들이는 중이야."

"봤다."

"어쩔래?"

"어쩌긴 우리도 돈 벌어야지."

"동참?"

"왜 아니겠어. 이틀 동안 2,800억을 매집했더라. 그 정도면 시작했다고 봐도 돼."

"하루 더 기다려 봐야 되지 않을까? 그 새끼들 워낙 치고 빠지는 데 선수잖아."

"선물과 옵션 베팅이 그동안의 흐름과 달라."

"어떻게?"

"걔들 자금이 현물 매수와 동시에 콜 쪽으로 집중되고 있어.

사고팔면서 눈속임을 하지만 나를 속이지는 못해."

"대단한 놈. 그건 또 언제 봤대?"

"며칠 더 두고 봐야겠지만 거의 확실해. 놈들은 이번엔 콜 쪽이다."

"그럼 우리도 그쪽으로 가?"

"일단 현물만. 선물 옵션 쪽은 조금 더 두고 보자."

"왜?"

"베팅했다가 놈들의 전략이 그게 아니라면 낭패를 볼 수 있어. 처음엔 미쳐서 무모하게 베팅한 게 운이 좋아 성공했지만, 지금부터는 철저하게 하나씩 발라먹어야 해."

"현명하시고."

이제 남은 돈은 500억.

처음처럼 한꺼번에 베팅하면 외국인과 기관들이 눈치챌 수 있으니 최대한 야금야금 베팅할 생각이었다.

현물과 선물을 먼저 치고 옵션은 나중에 치는 전략을 쓴다.

자신에게 1조만 있다면 판을 바꿀 수 있고 훨씬 커다란 금액을 쓸어 담을 수 있겠지만, 지금은 아니다.

약한 놈은 약한 놈답게, 강자의 등에 몰래 올라타서 떡고물을 주워 먹는 게 가장 좋은 방법이다.

*　　　　　*　　　　　*

"여기 고기가 좋아. 많이 먹어."

"꽤 비싸네요. 1인분에 7만 3천 원. 이 고기는 금으로 만든 거예요?"

"쩝, 강남이잖아."

"하여간, 잘 먹겠습니다."

무슨 고깃집이 요정 같다.

들어와 고기를 구워 주는 아가씨는 너무 늘씬해서 이런 일을 하기엔 아까울 정도였다.

더군다나 1인분에 7만 3천 원이나 하면서 고기 양은 손바닥보다 작았다.

"잘 안 됐나요?"

"응, 아직."

"간이 작은 사람들인 모양이네요."

"자네가 간이 큰 거지."

"그럼 없던 일로 할 건가요?"

"그럴 리가 있나."

"뭔가 생각이 있는 것 같네요. 뭐죠?"

"자네가 말했던 걸 해야지. 10억이란 돈이 커 보인다면 그게 작게 보이도록 만들어야 되잖아."

"방송 출연 하라는 거군요."

"빙고."

김윤호가 빙긋 웃으며 손가락을 튕겼다.

아무도 오지 않았다는 말은 거짓말이다.

'영풍'의 대표 정광철은 만난 후 3일 만에 전화를 해 왔는데, 정문자동차의 광고가 결정되었다는 연락이었다.

어느 정도 예상은 했지만 1개만 결정되었다는 건 10억이 주는 거부감과 부담감이 컸다는 걸 의미했다.

그랬기에 이병웅한테는 오지 않았다는 거짓말을 했다.

왜냐고?

몸값을 올려서 돈을 벌어야 하니까.

아무도 제안에 콜하지 않았다고 한다면 눈앞에서 열심히 고기를 먹고 있는 놈이 방송에 출연할지 모른다.

안 하겠다고 버텨도 상관없다.

내일이나 모레쯤 뒤늦게 알려 줘도 전혀 문제가 되지 않기 때문이다.

그때 이병웅이 미묘한 웃음을 흘리며 입을 열었다.

"출연하죠, 재밌는 걸로."

제17장
인연 만들기

　JBC는 일요일 황금 시간대 예능 프로그램을 잡기 위해 필사의 노력을 다했다.

　그 결과 만들어 낸 프로그램이 바로 '인연 만들기'였다.

　요즘 방송국들이 시청률을 끌어올리기 위해 획기적인 아이디어를 공모하며 머리를 쥐어뜯는 이유는 방송의 생명은 시청률이고, 그 시청률이 얼마나 나오느냐에 따라 광고의 단가가 달라지기 때문이다.

　'인연 만들기'의 콘셉트는 간단했다.

　최고의 미혼 남녀 스타들을 출연시켜 괜찮은 상대를 수배해서 소개팅을 시켜 주는 프로그램이었다.

　하지만 그렇게 간단하면 어디 시청률이 올라가겠는가.

　주인공은 상대방이 만들어 놓은 미션들을 수행하며 소개팅

장소를 찾아가야 한다.

그 과정들이 재밌게 펼쳐지며 주인공은 설레는 마음으로 수수께끼를 풀어 인연을 찾는다는 방식이었다.

'인연 만들기'는 JBC의 야심작이었기 때문에 매회 주인공 출연에 엄청난 공을 들였다.

전 분야의 톱클래스 스타들만 섭외해서 출연시켰기에 시청자들에게 커다란 반향을 불러 일으켰다.

이번 주 출연자는 그동안 담당 PD 최정호가 몇 번이고 공을 들였지만 계속 거절당했던 은막의 여왕 황수인이었다.

출연한 영화마다 대박을 터뜨렸던 미의 여신.

스타로 불리는 사람들은 많다.

하지만 그녀는 존재하는 자체만으로 눈이 부실 만큼 압도적인 인기를 끌고 있는 진정한 스타였다.

이런 스타를 어떻게 섭외했느냐고?

당연히 담당 PD 힘으로는 어림도 없는 일이지.

황수인이 어려운 걸음을 하신 건 황공스럽게도 JBC 사장의 힘 때문이었다.

그녀는 며칠 전 영화 시상식장에서 우연히 사장과 옆자리에 앉았는데, 정중한 부탁을 거절하지 못했단다.

방송사 사장의 위력 때문만은 아닌 것 같았다.

요즘 그녀는 6개월 가까이 영화 출연을 쉬고 있었는데 언론에서는 2달 후에 역대 최고의 제작비가 투입되는 '불의 전차' 여주인공으로 캐스팅되었다는 소식을 전했다.

그렇다면 영화 홍보차?

그것도 아니다.

방송에 한 번 출연했다고 영화가 홍보된다면 개나 소나 전부 천만 관객을 동원할 테지.

그녀의 상대는 미국 교포 제임스 강, 우리나라 이름으로 강성훈이란 사람이었다.

하버드 법대를 졸업하고 뉴욕의 유명한 로펌에서 근무하고 있는 전도양양한 최고의 엘리트였고 핸섬한 용모를 지닌 청년이었다.

황수인이 출연을 허락했다는 말을 듣는 순간부터 연줄이란 연줄을 전부 동원해서 최고의 상대를 찾기 위해 노력했는데, 10여 명의 후보자를 제치고 당당히 선택된 남자였다.

그렇다고 해서 그가 황수인과 잘 엮일 거란 상상은 하지 않았다.

황수인이 어떤 여잔데 일반인과 썸을 만든단 말인가.

그럼에도 괜찮은 상대를 공들여 물색한 것은 시청자들로 하여금 '어쩌면'이란 기대감을 만들어 주기 위함이었다.

최정호는 작가들이 만들어 낸 프로그램 진행 콘티를 꼼꼼히 살피며 인상을 긁었다.

이것도 못 할 짓이다.

벌써 15회가 넘어가자 작가들이 만들어 낸 아이디어들은 점점 식상해지고 있었다.

"야, 좀 더 신선한 거 없어? 맨날 무슨 레스토랑에 꽃이냐!"

"저번에는 레스토랑 아니었어요."

"벤치나 레스토랑이나. 머리 좀 더 굴려 봐. 나 미치게 만들지 말고."

"우리도 머릿속에서 쥐가 막 돌아다녀요. 매주 콘티를 만들어 내는 게 어디 쉬운 일인 줄 알아요?"

최정호가 신경질을 내자 작가 이향숙이 입을 쭈욱 내밀며 툴툴거렸다.

하긴, 맞는 말이다.

매주 다른 스토리를 만들어 낸다는 건 상당히 어렵고 고통스러운 일이다.

그럼에도 해야 한다.

"월급 받아먹었으면 월급값을 해. 너희들한테 시청률이 달렸다는 거 몰라?"

"PD님이 너무 철저해서 그래요. 이번 스토리 라인은 그놈의 꽃 빼고는 정말 신선했다고요."

"알고 있어. 너희들 수고한 거 내가 모르겠냐. 그래도 꽃은 한 번 써 먹었으니까 이번엔 다른 거로 가자. 이 작가, 아직 이틀 남았으니까 그때까지 손 좀 더 봐 줘."

이향숙의 얼굴이 울 것처럼 변하는 걸 보며 최정호의 목소리 톤이 은근하게 가라앉았다.

속으로는 부글부글 끓었지만, 어차피 일을 시켜 먹으려면 여기서 달래 주는 것이 현명한 처사였다.

이향숙이 콘티를 들고 돌아가는 걸 보며 최정호가 자리에서 일어났다.

그녀의 말대로 이번 스토리 라인은 꽤나 신선한 것이 많았기 때문에 장소 물색과 협찬부터 진행할 생각이었다.

그때, 주머니 속에 들어 있던 핸드폰이 요란하게 울리기 시작했다.

"여보세요?"

─안녕하세요, 최 PD님. 전 '창공'의 김윤호라고 합니다.

"아이고, 김 사장님. 어쩐 일로 전화를 다 주셨습니까?"

─이번 녹화에 황수인이 나온다면서요?

"그렇습니다."

─상대자는 구했나요?

"그럼요, 최고의 상대로 섭외하느라 땀 좀 흘렸습니다."

─누굽니까?

"재미 교포 제임스 강이란 사람입니다. 하버드를 졸업했고, 지금 뉴욕 로펌에서 변호사로 일하는 최고의 엘리트입니다. 그런데 왜 그러시죠?"

─최 PD님… 혹시 황수인의 상대자를 바꿀 수 있을까요?

"그게 무슨 말씀입니까, 벌써 출연 날짜까지 전부… 김 사장님, 저한테 할 말이 있으신 것 같네요."

김윤호의 말에 대답하던 최정호가 인상을 오므리며 핸드폰을 바꿔 잡았다.

여기서 짬밥이 나온다.

'창공'은 한국 최고의 기획사였고, 수많은 스타들을 보유한 막강 군단.

거기 사장이 바로 김윤호다.

최정호의 머리가 비상등처럼 팽팽 돌아가기 시작한 건 수화기 너머에서 곧바로 대답이 나오지 않았기 때문이었다.

그의 예상대로 뭔가 있다는 뜻이다.

"저한테 전화하신 게 혹시 황수인의 상대자 때문인가요?"

─그렇습니다.

"추천입니까, 아니면 압력입니까?"

─방송국 PD님께 압력이라뇨. 그런 짓을 하면 이쪽 밥 먹고 살기 힘들죠.

"휴우… 누군데 김 사장님이 직접 전화까지 하신 거죠? 그쪽 스타들 중에는 막상 떠오르는 사람이 없는데?"

─정말 없을까요. 최근에 한국을 들었다 놨다 한 놈이 있는데 기억이 안 나시나요?

"헉, 설마!"

김윤호의 대답에 최정호의 얼굴색이 단박에 하얗게 변했다.

이병웅!

만약 김윤호가 말한 사람이 이병웅이 맞다면 이건 그야말로 대박을 넘어 역사적인 사건이 될 수 있었다.

하버드를 졸업한 최고의 엘리트 강성훈이 문제가 아니었다.

막상 이병웅이 자신의 프로그램에 출연해 황수인과 동시 컷을 찍을 수 있다는 생각이 들자 온몸이 스멀스멀 떨려왔다.

─최 PD님, 제가 그동안 '인연 만들기'를 재밌게 봐 왔습니다. 워낙 최 PD님이 사람 애간장 태울 정도로 재밌게 만들어서 왕 팬이 됐죠, 그래서 말씀인데… 우리 이번에 시청률 한번 크게 올려 봅시다.

"정말… 그게 다인가요. 다른 요구 사항은 없고요?"

─대신, 한 가지 조건이 있습니다.

"그럴 줄 알았습니다. 말씀해 보세요."

─촬영 라인은 우리가 정하겠습니다. 그리고 스토리도 우리가 짜죠.

"주인공은 황수인입니다!"

─당연한 말씀. 저도 이병웅을 주인공으로 만들 생각은 없습니다. 하지만 우리도 뭔가 얻는 게 있어야 되지 않겠습니까?

"음……."

─걱정하지 마십시오. 그렇다고 절대 이상한 짓은 하지 않을 겁니다. 사전에 PD님과 의견도 나눌 테니 프로그램에 해가 된다면 PD님이 바꾸셔도 됩니다.

"잠깐만요……. 저희 쪽도 생각할 시간이 필요합니다."

─그러시겠죠. 그럼 의견 나눠 보시고 전화 주십시오. 기다리 겠습니다.

＊   ＊   ＊

최정호는 뒤에서 부르는 AD 이윤창의 목소리를 듣고도 돌아보지 않은 채 달렸다.

그가 부른 이유는 자신이 지시 내린 촬영 장소 섭외 때문일 것이다.

이제 와서 그게 무슨 필요가 있을까.

지금은 김윤호가 제안한 파격적인 사건부터 처리하는 게 급선무였다.

"헉헉… 국장님!"

"야, 너 자꾸 이럴 거냐. 이 자식아, 너는 아직도 내가 만만해 보이니?"

"그럴 리가요."

"나는 국장이야, 예전에 너한테 소주 얻어먹던 사람 아니라고."

"요즘도 뺏어 먹잖아요."

"흐으… 그건 네가 예뻐서 그렇지. 그래, 무슨 일로 뛰어왔어?"

"'창공'의 김윤호 사장한테 전화가 왔습니다. 이번 주 황수인 상대로 이병웅을 출연시키는 게 어떠냐고 제안을 하더군요."

"뭐라고!"

능글능글한 웃음을 짓고 있던 예능국장 조성민의 얼굴에서 웃음기가 단박에 싹 사라졌다.

이병웅.

말이 안 되는 일을 말이 되게 만든 놈.

아마, 지금 그놈은 대통령보다 더 유명해져 있을 것이다.

"언제 왔어?"

"방금요. 전화를 끊자마자 달려 왔습니다."

"정말 출연시키겠대?"

"그렇다니까요."

"그래서 뭐라고 그랬어. 이미 상대는 정해져 있잖아?"

"일단 상의해서 답변해 주겠다고 튕겼습니다."

"흐으, 씨발. 어제 황금색 똥 꿈을 잔뜩 꿨는데 이런 일이 생기려고 그랬나 보다. 정호야, 넌 어떻게 생각해?"

"프로그램의 신뢰 측면에서 당연히 안 됩니다. 이 새끼들이 방송국 프로그램을 뭘로 보고 중간에서 끼어든단 말입니까. 이병웅이라면 우리가 껌뻑 죽을 줄 안 모양인데 완전 싸가지 밥 말아 먹은 놈들입니다."

"정말… 그렇게 생각해?"

"크음, 국장님 생각해 보십시오. 제 말이 틀립니까?"

"이 자식아!"

"크크크… 국장님은 똥 꿈 꾸셨다고 했죠? 전 어제 돼지 꿈 꿨습니다."

"아이고, 놀래라. 너 죽고 싶어!"

"그놈들이 스토리 라인까지 전부 짜서 보내오겠답니다. 전권을 휘두르려고 그러는 게 아니라 '창공'답게 이병웅을 최대한 부각시키려는 것 같아요. 대신 저한테 모든 걸 상의하고 허락을 받겠다고 했습니다."

"김 사장이 그런 건 확실하게 챙기지."

"국장님, 이번 기회에 대박 한번 확실히 터뜨리겠습니다. 그러니까, 저한테 뺏어 먹은 소주, 양주로 갚으십시오."

"한 30% 정도만 올려 주라. 그럼 내가 룸살롱 데리고 가서 코가 비뚤어지도록 산다. 오랜만에 너 똘똘이 목욕도 시켜 줄게."

"약속한 겁니다. 그럼 전 대박을 위하여 뺑이 치고 일하겠습니다. 안녕히 계십시오, 국장님. 룸살롱으로 향하는 그날까지 반드시 살아 돌아오겠습니다."

*   *   *

황수인.

나이 27세에 대한민국 최고의 여배우 자리에 등극한 여자.

올해 청룡영화제 여우주연상의 강력한 후보였고, 누구나 인정할 만한 연기력를 지닌 배우였다.

외모가 예쁜 여자들은 많다.

하지만 황수인처럼 아름다운 여자가 감탄을 자아낼 만큼 배역에 동화되어 완벽하게 연기하는 배우는 드물다.

그렇기에 대중들은 그녀가 출연하는 영화라면 망설이지 않고 선택한다.

그런 황수인이 '인연 만들기'에 출연하기로 결정한 것은 남들이 모르는 비밀이 있었기 때문이었다.

아, 그렇다고 무슨 특별한 일이라 생각하면 곤란하다.

그 이유란 건 JBC 사장 강윤창과 그녀의 아버지가 대학 동창으로 둘도 없이 친한 친구 사이라는 것이었다.

그럼에도 강윤창은 지금까지 한 번도 그녀에게 친분을 빌미로 출연을 강요한 적이 없었는데, 저번 영화제에서 우연히 옆자리에 앉았을 때 이런 말을 했다.

"우리 수인이도 이제 좋은 남자 사귀어야지?"

"그래야죠. 사장님께서 좋은 남자 소개시켜 주세요."

"정말 소개시켜 줘?"

"그럼요, 아빠가 사장님이 소개시켜 주는 남자는 무조건 만나 보라고 했어요."

"알았다. 그렇다면 정말 최고의 남자로 소개시켜 줄게."

처음에 '인연 만들기'는 생각조차 하지 않았다.

그러다 이야기가 진행되면서 자연스럽게 강윤창의 화술에 빠져들어 자신도 모르게 출연을 허락하고 말았다.

거절하려면 거절할 수도 있었지만 그렇게 하지 않았다.

2달 후에야 영화 출연이 결정되어 있었기에 시간이 남았고, 아빠의 절친인 강윤창의 제안을 매몰차게 거절하기가 너무 어려웠다.

"언니, 촬영이 3일 걸려?"

"응. 제주도에서 촬영한대. 곧 대본을 준다고 했어."

"내 상대자에 대한 정보는 나온 거 있어?"

"슬쩍 듣기로는 하버드 나온 변호사래. 꽤 잘생긴 청년이라더라. 나이가 31살이라고 들었어."

"흠, 스펙은 좋네."

"얼굴도 잘생겼다니까!"

"호호, 이번 기회에 확 연애나 해 볼까?"

"아서라, 그러다가 스캔들 나면 우리 정 사장님 기절하셔. 그냥 3일 동안 여행이나 다녀온다고 생각해."

"그래도 살살 설레는걸. 남자 친구 사귄 지가 언젠지 기억도 안 나."

황수인이 미소를 지으며 말을 하자 매니저인 정미경이 살짝 인상을 찌푸렸다.

왜 안 그렇겠나.

너무 어린 나이에 톱의 자리에 오른 그녀는 남자를 만날 기회가 거의 없었다.

그랬기에 정미경은 살짝 흐려진 황수인을 보면서 힘들게 입을 열었다.

"정 그러면, 그 사람을 남자 친구라 생각하고 3일만 즐겁게 보내. 그 정도는 정 사장님도 뭐라 안 하실 거야."

*　　　　*　　　　*

지금까지 그래 왔지만 이번 회 촬영은 정말 극비리에 진행되었다.

'인연 만들기'의 PD 최정호는 스태프들에게 이병웅의 출연을 특급 기밀로 유지하라 지시하며, 만약 언론에 새어 나가면 전부 잘라 버리겠다는 엄포를 놨다.

뜸을 충분히 들이지 않은 밥은 설익은 법이니까.

'창공'이 보내온 스토리 라인을 보면서 최정호는 탄성을 내질렀다.

교묘하다.

초반 주요 커트는 황수인에 집중되어 있었지만, 결국 모든 시선은 이병웅에게 향할 수밖에 없는 콘티였다.

가슴이 벌렁거리는 걸 막으며 최정호가 스태프들을 향해 고함을 질렀다.

"장비 다 챙겼으면 출발. 1팀은 압구정부터 황수인을 커버링하고, 2팀은 곧바로 공항으로 가서 먼저 떠나. 첫 촬영지는 전부 세팅해 놨지?"

"그럼요."

"자, 오늘은 역사적인 순간이다. 우리 모두 시청률 졸나게 올려서 보너스 받자!"

"파이팅!"

최정호가 소리치자 스태프들이 두 주먹을 불끈 쥐며 호응을 해 왔다.

그들의 눈에 들어 있는 건 긴장감.

스태프들 모두가 지금 이 촬영이 얼마나 중요한지 전부 인식하고 있다는 뜻이다.

*   *   *

황수인은 압구정 뷰티숍에서 머리를 만진 후 곧장 촬영이 예정되어 있는 '하바나'로 향했다.

'하바나'는 압구정에 있는 대형 커피숍인데, 첫 출발을 거기서 하는 것으로 예정되어 있었다.

오랜만의 텔레비전 출연.

막상 프로그램의 주인공이 되어 방송에 출연한다고 생각하자 가슴이 설레었다.

더군다나, 미팅 프로그램이다.

물론 갖가지 이벤트들이 담겨 있어 단순한 미팅은 아니었지만, 남자를 만나 촬영을 한다는 생각이 들자 가슴이 살짝 뛰는 걸 막기 어려웠다.

"벌써, 다 온 모양이네."

"최정호 PD가 직접 와서 에스코트한다고 했어. 일단 '하바나'

에서 간단한 인터뷰를 하고 공항으로 갈 것 같아. 자연스러운 모습을 보여 달라고 했으니까 평소처럼 하면 돼."

"응."

하바나에 몰려 있는 촬영 스태프를 보면서 황수인은 차에서 내릴 준비를 했다.

여름이 바짝 다가온 날씨답게 그녀의 옷차림은 간단했지만, 그것만으로도 눈부실 정도로 아름다웠다.

청바지에 하얀 블라우스.

누구나 입을 수 있으나, 누구나 이렇게 아름다울 수는 없다.

인터뷰를 하면서 촬영 일정과 간단한 진행 방법을 들은 황수인은 해맑은 웃음을 흘려 냈다.

마치 수수께끼를 푸는 것처럼 재밌는 방식.

특정 장소에 가면 최종 목적지에 대한 힌트를 얻을 수 있고, 결국 어딘가에서 운명적인 조우를 한다는 내용이었다.

간단한 촬영을 마치고 공항으로 향한 후 비행기에 몸을 실었다.

그녀가 가는 곳은 모두 촬영장이다.

김포공항에 도착했을 때 사람들이 구름처럼 몰려드는 장면조차 날것 그대로 촬영되었으며, 스튜어디스와 승객들의 반응도 그대로 촬영되어 저장되었다.

황수인은 가는 곳마다 반갑게 맞이하는 팬들을 향해 정중한 인사를 했는데, 톱스타의 진면목을 고스란히 드러내는 행동들이었다.

이윽고, 첫 번째 장소인 제주공항 로비에 도착했을 때 몰려드는 사람들의 틈을 뚫고 한 남자가 그녀를 향해 천천히 다가와 꽃을 전해 주었다.

꽃을 바라보며 최정호의 인상이 슬쩍 일그러졌다.

그놈의 꽃.

작가에게 쓰지 말라며 큰소리쳤음에도 어쩔 수 없이 꽃을 쓰게 된 것은 '창공'에서 보내온 콘셉트가 꽃으로 이루어졌기 때문이었다.

첫 번째 등장한 꽃은 붉은 장미.

그리고 그 꽃을 들고 등장한 사람은 턱수염을 멋있게 기른 중년 신사였다.

"아름다운 영혼을 가진 당신은 옥황상제를 모시는 선녀처럼 고귀하군요. 당신을 영롱한 자줏빛 구름다리 아래로 초대합니다."

*   *   *

힌트겠지.

분명히 남자가 장미를 주며 남긴 말은 다음 장소를 가리키는 힌트일 것이다.

그랬기에 황수인은 힌트의 장소를 알아내기 위해 핸드폰을 꺼내 검색을 시작했다.

힌트를 통해 장소를 알아내는 건 그리 어렵지 않았다.

제주의 관광 명소로 들어가 옥황상제와 선녀, 구름다리를 같이 치자 천제연폭포가 나왔기 때문이었다.

그로부터 똑같은 방식으로 각기 다른 꽃을 든 사람들이 나타났다.

'인연 만들기'란 프로그램은 마치 제주도의 관광 명소를 시청자들에게 일부러 보여 주기라도 하듯 7군데의 유명 관광지로 그녀를 인도했다.

저절로 새어 나오는 탄성.

목적지에 도착할 때마다 그녀는 진정으로 우러나오는 감탄사를 터뜨렸다.

수많은 외국을 돌아다녔지만, 그 어떤 곳 못지않게 아름다운 절경들이 그녀의 눈앞에 펼쳐졌다.

그런 모습이 고스란히 촬영되었고 촬영을 시작한 다음 날 만장굴을 전부 둘러보고 빠져나왔을 때 꽃을 든 어린 소녀가 다가왔다.

이번 꽃은 눈처럼 하얀 백합이었다.

"아름다운 제주의 하늘과 땅이 당신의 앞날을 축복할 거예요. 벌써 시간이 3시가 지났네요. 오늘 제주도에서는 '블랙스톤'이 공연을 해요. 거기서 봐요."

*　　　　*　　　　*

'블랙스톤'은 요즘 젊은이들을 열광시키는 인기 록그룹으로 4인조 밴드였다.

이젠 이런 방식에 익숙했지만 소녀의 말을 듣자 황수인의 입술이 안으로 오므려졌다.

처음에는 관광 명소를 돌아다니며 탄성을 지를 만큼 즐거웠지만, 시간이 지날수록 조금씩 피곤함이 몰려왔다.

단시간 동안 너무 많은 곳을 돌아다녔으니 충분히 그럴 만하다.

이 사람은 도대체 뭐 하자는 걸까?

'블랙스톤' 공연장에서 만나자는 건 같이 공연을 보자는 뜻일 텐데, 그게 이해가 되지 않았다.

처음 본 사이에 인사도 제대로 하지 않은 채 같이 공연을 보자는 건 뭔가 어색하다는 생각이 들었다.

그럼에도 황수인은 싫은 내색을 하지 않은 채 시계를 본 후 다시 핸드폰을 꺼내 '블랙스톤'이 공연하는 장소를 검색했다.

"언니, 조금 이상하지 않아?"

"뭐가?"

"공연장에 들어가면 촬영이 제대로 되지 않을 거야. 처음 만난 사이에 아무런 말없이 공연만 본다는 게 말이 돼?"

"미리 인사시키겠지."

"그래도… 조금 이상해. 언니, 내 상대가 변호사라는 거 맞아?"

"사장님이 지나가는 말로 그랬어. 하버드 나온 전도양양한 변호사라고."

"변호사와 공연, 매치가 되지 않잖아……. 사장님한테 물어봐. 이젠 정말 궁금하단 말이야."

"네가 해. 난 사장님 무서워."

정미경이 손을 흔들며 뒤로 빠지자 황수인의 장난스럽게 웃었다.

하긴 그럴 것이다.

정미경은 유능한 매니저였지만 회사 소속이었으니 사장한테 직접 전화하는 게 부담스럽겠지.

어쩔 수 없이 전화를 들고 단축번호를 누르자 곧 굵직한 남자의 목소리가 흘러나왔다.

그녀가 소속된 '타이탄'의 사장 김운성이었다.

—수인아, 너 촬영 중이잖아?

"맞아요."

—그런데 나한테 왜 전화했어?

"뭐 좀 물어볼 게 있어서요. 제 상대가 하버드 출신 변호사라고 한 거 정확한 정보예요?"

—방송국에 심어 놓은 스파이한테서 그렇게 들었다. 왜, 아냐?

"아뇨, 아직 못 만났어요."

—맞을 거야. 꽤 잘생겼다니까 제주도에서 오랜만에 데이트 잘하고 돌아와.

*   *   *

제주 국제 컨벤션 센터는 뒤로는 한라산이, 앞으로는 푸르게 펼쳐진 태평양이 바라다보이는 중문 관광단지 내에 자리하고 있었다.

유명 가수들이 공연하는 곳으로 유명했는데, 중문으로 들어서자 벌써부터 사람들로 인산인해를 이루는 중이었다.

정미경의 말대로 이쪽 어디 조용한 곳에서 먼저 만남이 이루어질 거라 생각했다.

촬영기사는 물론이고 그녀의 뒤를 따르는 스태프들의 움직임에서 긴장감이 느껴졌기에 당연히 그럴 것이란 추측이 들었다.

하지만 다가온 최정호는 그녀를 곧장 콘서트가 열리는 공연장으로 이끌었다.

"PD님, 그분 안 만나요?"

"만나야죠."

"그런데 공연장엔 왜 들어가요?"

"그 사람, 공연장 안에서 기다리거든요."

전혀 예상치 못한 상황에 황수인의 표정이 잠깐 굳어졌다.

콘서트를 보면서 무슨 미팅을 해.

이거 아무래도 이상하고 수상하다.

아무리 특이한 콘셉트를 생각했다 해도 그동안 '인연 만들기'가 보여 준 콘셉트와는 달라도 너무 달랐다.

그럼에도 황수인은 최정호를 따라 공연장 안으로 들어갔다.

*   *   *

블랙스톤의 음악은 록그룹답게 날카롭고 강렬했으며 파괴적이었다.

기타리스트들의 현란한 연주, 그리고 리드싱어 김기찬의 압도적인 가창력이 어우러지며 콘서트장은 열광 속에 사로잡혔다.

콘서트장의 열기를 확인하자 왜 사람들이 록그룹의 공연에 열광하는지 알 수 있을 것만 같았다.

그녀의 자리는 특R석으로 공연 무대와 불과 10m 정도 떨어져 있었기에 '블랙스톤' 멤버들의 몸에서 떨어지는 땀방울까지 확인할 수 있을 정도였다.

황수인은 콘서트를 보면서 계속 의문 속을 헤맸다.

최정호는 그녀를 남겨 놓고 자리를 떠났는데, 주변에는 오직 카메라맨만 남아 있을 뿐이었다.

콘서트장에 들어오면 자신의 옆자리에 그 남자가 앉아 있을 거란 예상은 또 틀리고 말았다.

그녀의 자리는 통로 쪽이었고 옆에는 여대생으로 보이는 젊은 여자들이었다.

*　　　　*　　　　*

전혀 예상치 못했던 일이 벌어진 것은 블랙스톤의 1부 스테이지가 끝났을 때였다.

1부 마지막 곡이 끝난 후 리드 싱어인 김기찬이 앞으로 나와 마이크를 잡았다.

"여러분, 저희 공연을 찾아주셔서 정말 감사드립니다. 이제 1부 순서가 끝났습니다. 저희들은 땀에 흠뻑 젖었기 때문에 옷도 갈아입고 조금 쉰 후에 다시 찾아뵈어야 할 것 같습니다. 조금 아쉽죠?"

"예!"

김기찬이 웃으며 말하자 홀을 가득 채운 관객들이 동시에 떠

나갈 것처럼 대답을 했다.

그러자, 김기찬이 손을 들어 올리며 관객들의 아쉬움을 달래 주었다.

"그럴 줄 알았습니다. 그래서 저희가 쉬는 동안 특별 손님을 모셨습니다. 아마, 이분이 나온다면 여러분은 저희들을 잊게 될지 모릅니다. 그만큼 엄청난 분이니까요."

김기찬의 소개를 들은 관객들의 궁금증이 한껏 커졌다.

누구기에 이렇게 거창한 소개를 하는 걸까, 궁금해진 관객들의 눈이 저절로 무대 좌측의 출입문 쪽으로 향했다.

하지만 출입문 쪽에는 아무런 움직임이 없었다.

"여러분, 정의의 사도, 폭발적인 가창력과 신들린 기타 연주의 주인. 이병웅 씨를 소개시켜 드립니다!"

김기찬이 목소리를 크게 높여 소개를 하자 관객석이 웅성거리다가 커다란 웃음이 터져 나왔다.

출입문 쪽에서는 아무런 움직임이 없었고 김기찬이 어깨를 으쓱하며 장난이라는 액션을 취했기 때문이었다.

그러면 그렇지.

이병웅 같은 사람이 여기까지 와서 노래를 한다는 게 말이나 된단 말인가.

그때, 거짓말처럼 출입문이 열리며 한 남자가 무대 쪽으로 걸어 나오는 게 보였다.

앞좌석에 있는 여자들부터 점차 뒤쪽으로 전이되며 비명 소리가 흘러나오기 시작했다.

진짜, 이병웅이 기타를 멘 채 무대로 걸어 나왔던 것이다.

*　　　　　*　　　　　*

"여러분, 안녕하세요. 최근 들어 부담스러울 정도로 관심과 사랑을 받고 있는 이병웅입니다."

기타를 멘 채 이병웅이 인사를 하자 본격적으로 관객들의 반응이 터져 나왔다.

이런 반응을 본 적이 있는가?

블랙스톤의 공연에도 광적인 흥분을 보였던 관객들이었지만, 이병웅이 나타나 인사를 하는 순간 홀 전체에 태풍처럼 전율이 몰아닥쳤다.

정말 보고도 믿지 못할 정도로 엄청난 반응이었다.

*　　　　　*　　　　　*

황수인은 김기찬의 농담을 들으며 관객들처럼 웃음을 지었다.

센스쟁이.

노래도 잘하지만 곡 사이에서 관객들과 호흡을 같이하는 넉살과 여유로움은 그의 존재를 더욱 커 보이게 만들었다.

어느 순간부터 그녀도 콘서트의 열기에 동화되어 처음의 의문을 접어 둔 채 즐겼다.

음악이 주는 감동은 언제나 모든 것을 잊게 만드는 마법을 부리기 때문이었다.

그때 출입문이 열리며 이병웅이 진짜로 나타나자, 그녀의 표정도 단박에 변하고 말았다.

신드롬을 일으킨 주인공.

단 한 번의 방송 출연과 할아버지를 구하는 과정에서 보여 주었던 정의감으로 대한민국 전체를 들썩이게 만든 남자.

그녀도 동영상을 봤고 본방송을 사수하며 텔레비전 앞에 앉아 있었다.

그만큼 이병웅이 만들어 낸 신드롬은 컸었다.

세상에는 잘생긴 남자가 수도 없이 많다.

특히, 그녀는 영화배우였기 때문에 그런 남자를 만난 경험이 많았다.

그럼에도 이병웅에 관한 동영상과 방송을 보면서 특별한 느낌을 받았다.

이병웅은 서서 관객들의 반응이 가라앉을 때까지 조용히 있다가 천천히 말을 이어 나갔다.

"오늘 저는 노래 두 곡과 하나의 이벤트를 가질 예정입니다. 여러분, 부디 즐거운 시간 되시길 바랍니다."

이병웅은 콘서트장을 꽉 채운 관중들을 바라보며 호흡을 길게 내쉬었다.

저 사람들.

자신을 향해 뜨거운 열기를 뿜어내는 사람들.

저들이 자신을 좋아하는 이유는 특별하게 변해 버린 자신의 외모와 인위적으로 만들어 낸 정의감에 동화되었기 때문일 것이다.

미안했다.

물론, 후회하지 않지만 자신에게 속아 열광하는 관객들을 바라보자 가슴 한쪽에 멍울처럼 번민이 자리 잡았다.

이 무대를 마련한 것은 바로 자신이었다.

그동안 언론과 인터넷을 뜨겁게 달구었던 신드롬은 진정한 자신의 가치로 인한 것이 아니란 생각에 김윤호를 협박하다시피 해서 만든 자리였다.

대중들에게 진정한 자신의 진정한 가치를 알리고 싶었다.

단순히 얼굴만 잘생겨 탄생한 반짝 스타가 아니라, 그 누구보다 뛰어난 재능이 있다는 걸 증명하고 싶었다.

기타의 현을 만지면서 맨 앞자리에 앉아 있는 황수인을 바라보았다.

그녀는 기대에 찬 눈으로 자신을 바라보고 있었는데, 앉아 있는 모습이 한 떨기 백합처럼 아름다웠다.

진정한 아름다움을 가진 사람은 수많은 사람들 속에서 빛을 낸다는데, 바로 그녀가 그런 경우였다.

이병웅이 기타 음을 고르고 있을 때, 뒤쪽에서 '블랙스톤'의 드러머 강희창이 나타나 자리에 앉았다.

이번에 이병웅이 들고 나온 기타는 그가 주로 썼던 포크 기타가 아니라 일렉트릭이었다.

따앙… 땅… 땅… 띠잉, 띠리링…….

곡의 인트로.

이병웅의 손에서 기타 솔로 인트로가 펼쳐지는 순간 관객들이 모두 자리에서 벌떡 일어나며 거대한 함성을 쏟아 냈다.

누구나 아는 노래, 그리고 누구나 들으면서 탄성을 질러야 하는 노래.

이병웅의 기타에서 흘러나온 인트로 화음은 전설의 명곡, 스틸하트의 'She's gone'이었다.

그리고 그 뒤를 따르는 웅장한 드럼의 향연.

집중, 그리고 몰두.

이병웅은 기타를 연주하기 시작한 순간부터 관객의 함성을 무시한 채 자신의 세계로 빠져들었다.

신들린 듯 현 위를 쓸고 다니는 그의 손가락.

그 손가락을 통해 흘러나온 절묘한 컷과 롱 포지션의 조화가 콘서트장을 이병웅의 세계로 만들었다.

관객들은 천상에서 들려오는 것처럼 아름다운 기타 음을 들으며 차츰 넋을 잃어 갔다.

일어선 그 자세 그대로.

인트로를 끝낸 이병웅의 손가락이 잠시 멈췄다.

하지만 그 것은 새로운 시작이었다.

"She's gone. out of my life, I was wrong, I'm to blame……."

기타의 음에 매료되어 정신을 잃었던 관객들의 입에서 노래가 시작되자 또다시 거대한 함성이 터져 나왔다.

전혀 예상치 못했던 목소리.

그 어떤 것보다 달콤하고 그 어떤 것보다 부드러운 이병웅의 노래가 울려 퍼지는 순간, 거대한 함성을 질렀던 사람들이 손을 마주 부여잡고 무대에서 시선을 떼지 못했다.

그리고 진행될수록 관객들의 몸이 흔들거리기 시작했다.

자신들조차 느끼지 못하는 동화다.

그들은 노래가 주는 감동을 주체하지 못하고 서서히 전율 속으로 사로잡혀 갔다.

폐부를 뚫고 튀어나오는 고음.

그저 단순한 고음이 아니라 여인을 떠나보내야 했던 남자의 슬픔이 가득 담긴 영혼의 울부짖음.

그 노래를 듣는 관객들의 눈가가 촉촉이 젖어 갔고, 노래 중간에 솟구쳐 오르는 기타의 화음에 몸이 떨리는 감동을 맛봤다.

절정.

"Lady, Oh Lady……."

이병웅이 기타를 내린 채 폭발적인 고음을 터뜨리자 두 손을 맞잡은 채 떨고 있던 사람들의 입에서 비명 소리가 터져 나왔다.

이런 현상을 뭐라고 표현할 수 있을까.

*   *   *

'블랙스톤'의 멤버들은 최근 들어 신드롬을 일으키고 있는 이병웅이 자신들의 콘서트에서 노래를 한다고 했을 때 '창공'의 사장 김윤호에게 강력한 반대 의사를 피력했다.

그들은 최고였고, 누군가 자신들의 콘서트를 방해한다는 걸 용납할 수 없었다.

하지만 지금까지 그들의 말이라면 어떤 것이라도 들어주었던 김윤호는 끝까지 자신의 주장을 굽히지 않았다.

'블랙스톤'이 최고의 그룹이지만 기획사의 사장, 그것도 자신들을 먹여 살리는 김윤호의 말을 거절하기엔 부담이 컸다.

그랬기에 이번 한 번뿐이라는 단서를 달고 김윤호의 요청을 받아들였다.

이병웅이 왔을 때 멤버들의 반응은 적대적이었다.

자신들의 의사와 상관없이 끼어든 그에게 호의적인 반응을 보일 수 없었기 때문이었다.

그럼에도 이병웅을 처음 봤을 때의 첫인상은 지금도 잊지 못한다.

세상에 태어나 그런 눈을 가진 자는 처음이었다.

마치 사람의 영혼을 끌어당기는 것처럼 깊은 눈을 가져 한번 보면 영원히 잊지 못할 정도로 강렬한 인상을 지닌 남자였다.

솔로로 기타를 연주하며 오직 드럼만 지원해 달라고 했을 때 얼마나 웃었는지 모른다.

그룹사운드가 왜 그룹사운드겠는가.

아무리 노래를 잘하는 놈도 기타에 전념하며 노래를 부른다는 건 결코 쉽지 않은 일이다.

리드 보컬의 역할이 있고, 뒤를 받치는 베이스와 리드 기타, 세컨드 기타의 역할이 모두 다르다.

그 모든 것들이 조화되어 완벽한 노래가 탄생하는 것이었다.

김기찬과 멤버들은 이병웅을 관객들에게 소개시켜 준 후 무대에서 내려가 급히 옷을 갈아입었다.

40분 동안 격정적인 무대를 꾸렸기 때문인지 온몸이 땀투성이었다.

그때, 무대 쪽에서 날카로운 기타 소리가 들려왔다.

대기실에서 옷을 갈아입은 멤버들은 마치 악마의 유혹에 견디지 못한 나약한 인간처럼 뭔가에 이끌리듯 무대 쪽으로 이동했다.

지금까지 살아오면서 누구 못지않은 연주 실력을 지녔다고 자부했으나, 이병웅의 기타는 그야말로 넘사벽처럼 여겨졌다.

음 하나마다 생생히 살아서 날뛰었다.

마치 송곳처럼 가슴을 후벼 파며 들어오는 기타의 선율은 심장을 저격해서 아무런 생각조차 하지 못하도록 만들었다.

그리고 그 뒤를 따라 본격적으로 노래가 시작되었을 때.

멤버들의 입에서 동시에 탄성이 터져 나왔다.

특히 김기찬의 얼굴은 하얗게 질렸다.

록그룹 중, 아니, 한국에서 활동하는 가수들 그 누구와 비교해도 자신의 노래 실력은 절대 떨어지지 않는다고 자신해 왔다.

그것은 자신만의 평가가 아니라 대중들과 대부분의 평론가조차 인정하는 사실이었다.

하지만 이병웅의 노래를 듣는 순간, 그의 자신감은 단박에 하늘 저편으로 사라져 갔다.

격이 다르다.

그가 '환상의 파트너'에 나와 노래를 부르는 걸 들은 적이 있다.

물론 잘한다는 건 인정했다.

절묘한 기타 솜씨, 그리고 사람을 애달프게 만드는 감정, 모든 것이 좋았다.

그렇다고 해서 그가 최고라고는 생각하지 않았다.

방송을 통해 들은 그의 노래는 다른 가수들의 노래와 별반 다를 게 없다고 느껴졌기 때문이었다.

그러나 직접 무대에서 노래하는 이병웅을 확인하자 자신의 판단이 얼마나 잘못된 것인가를 금방 느낄 수 있었다.

가슴으로 다가오는 감동 자체가 완전히 달랐다.

노래에 영혼을 담는다는 것, 노래의 기교와 고음 처리는 두 번째고, 이병웅은 무대에 선 채 감정 하나로 관객들을 완벽하게 사로잡고 있었다.

"으… 저 새끼, 미친 것 같아."

"아우, 씨발. 뭐 저런 놈이 다 있지?"

"야, 난 도저히 못 참겠어."

리드기타 문찬호가 넋을 잃고 중얼거리는 순간, 베이스를 맡고 있는 채수만이 뭔가에 홀린 듯 무대를 향해 뛰어나갔다.

그러고는 무대에 있던 자신의 기타를 어깨에 멘 후 연주에 가담했다.

그것이 시작이다.

드럼과 베이스가 가담했으니 리드기타와 세컨드가 마저 가담해야 곡이 주는 감동을 완벽하게 표현할 수 있다.

문찬호와 김기찬이 서로의 눈을 확인한 후 지체 없이 무대로 뛰어나갔다.

이런 무대.

사람에 대한 감정은 아무런 의미가 없다.

이병웅에 대해 잘 알지 못하지만 이런 무대에서 함께하지 못한다면 평생을 후회할 것 같았다.

그만큼, 지금 무대에서 펼쳐지고 있는 세계는 그들이 뮤지션 으로서 지금까지 한 번도 겪어 보지 못했던 것이었다.

*　　　　*　　　　*

김윤호는 이병웅이 무대에 선 후 관객들의 반응을 보며 주먹 을 불끈 쥐었다.

나타난 것만으로도 관객들을 흥분시킬 수 있는 능력.

이것이 바로 저놈의 마력이다.

그러나 이병웅의 노래가 시작되었을 때, 그는 미쳐 버린 것처 럼 흥분하는 관객들의 반응을 살피지 못했다.

기획사의 대표로서 자신의 회사에 소속된 연예인들이 무대에 서는 걸 수없이 많이 봐 왔으나, 이런 경우는 처음이었다.

대표는 연예인이 펼치는 퍼포먼스보다 관객들이나 시청자들 의 반응을 살피고 무엇이 부족한지 끊임없이 고민하고 연구해야 하는 사람이다.

그렇게 해야만 인기를 유지할 수 있고 회사가 더욱 성장해 나 갈 수 있기 때문이다.

정말, 어이가 없어 두 눈이 다 튀어나올 정도였다.

저 정도였단 말인가.

관객들의 반응을 살피지 못하게 만들 정도로 자신의 정신을 온통 무대로 향하게 만든 이병웅의 노래는 환상 그 자체였다.

'블랙스톤' 멤버들이 무대로 들어와 기타를 메고 연주에 가담하는 걸 보며 당연하다는 생각이 들었다.

놈들도 자신과 마찬가지였겠지.

뮤지션으로서 이런 무대에 욕심을 부리지 않는다면 뮤지션으로서의 자격이 없다.

'블랙스톤' 멤버들이 가담한 후 관객들의 반응은 절정으로 치달았다.

5,000명에 달하는 관객들이 하나가 되어 비명을 지르는 모습은 전율 그 자체였다.

씨발, 하나님 아버지. 정말 감사합니다.

두 손을 마주 잡고 하늘을 바라보며 기도를 드렸다.

지금까지 성공한 것만으로도 과분한데, 저런 복덩이를 저에게 주셨으니 앞으로는 정말 남들을 위해 착하게 살겠습니다.

*　　　　　　*　　　　　　*

황수인은 이병웅의 얼굴에서 시선을 떼지 못했다.

기타를 메고 있다는 것에 신경 쓰지 못할 정도로 자신과 계속 부딪치는 그의 시선을 느꼈기 때문이었다.

뭐지, 저 사람?

왜 노골적으로 쳐다보는 거지?

이곳에 있는 수많은 관객들 중 자신을 알아보는 사람은 주변의 몇을 빼고는 거의 없었다.

객석이 꽤 어두웠고 객석들은 그녀가 이곳에 나타난 것조차 알지 못했기 때문이었다.

더군다나 그녀의 주변에 있던 사람들도 공연이 시작되자 음악에 빠져 처음과 달리 자신의 존재를 크게 느끼지 못하는 것 같았다.

그런 상황에서 이병웅은 정확하게 자신에게 시선을 던지고 있었다.

시선을 피하지 않았다.

지금까지 살아오면서 남자의 시선을 피한 적이 없다.

영화배우로서 오롯이 다가오는 시선을 피한다는 건 적의건, 호의건 자존심에 상처받는 일이라 생각했다.

하지만 그의 시선은 노래가 시작된 이후 한 번도 그녀에게 돌아오지 않았다.

대신 그녀의 시선이 그에게서 떨어질 줄 몰랐다.

수많은 관객이 그러했듯 그녀 역시 그가 펼쳐 놓은 세계에 올가미에 걸린 짐승처럼 헤어날 수 없었다.

노래를 잘하는 건 알았지만 이 정도일 줄은 꿈에도 생각하지 못했다.

연인을 잃어버린 남자의 슬픔.

그 슬픔이 절절히 그녀의 가슴으로 들어와 울부짖는 이병웅을 안아 주고 싶다는 생각이 들게 만들었다.

그가 부르는 노래는 단순한 노래가 아니었다.

노래를 시작하기 전 자신에게 보냈던 시선이 마치 그의 노래가 자신을 향한 것이란 연상을 하게 만들었다.

슬펐다.

그래서 눈물이 나왔다.

이미, 옆에 있던 여대생은 그의 노래를 들으며 절규를 하고 있었지만 차마 그렇게까지는 하지 못했다.

노래가 끝났을 때 일어섰던 모든 사람들이 그의 이름을 연호하는 게 보였다.

그녀도 그의 이름을 불렀다.

관객들의 호응에 동화되어 부른 것이 아니라 진심으로 우러나온 감동 때문이었다.

이병웅… 이병웅.

당신의 노래, 그리고 당신의 시선.

촬영을 위해 이 자리에 왔지만, 오랫동안 당신의 모습이 잊히지 않을 것 같아요.

당신, 정말 멋있는 남자네요.

노래를 마친 이병웅은 관객들의 열광을 잠시 지켜보다 천천히 마이크를 입에 가져다 댔다.

"여러분 감사합니다. 오늘은 '블랙스톤'의 콘서트장임에도 제가 이곳에 온 이유는 저를 만나기 위해 특별한 분이 오셨기 때문입니다. 두 번째 곡은 그분에게 드리는 노래입니다."

이병웅이 말을 마치자 관객석에도 또다시 동요가 일어났다.

특별한 분.

과연 그 특별한 분이 누군가를 찾기 위한 동요였다.

제일 먼저 황수인의 옆에 앉아 있었던 여자들이 수군거렸고, 그 수군거림은 곧 일파만파 파도처럼 퍼져 나갔다.

관객들의 반응에 황수인이 곤란한 표정을 지었다.

그들이 생각하는 것처럼 자신은 그 특별한 분이 절대 아니라고 생각했기 때문이었다.

관객들의 동요가 멈춘 건 '블랙스톤'의 멤버들이 모두 퇴장하고 노래를 하기 위해 이병웅이 다시 무대의 중앙에 섰을 때였다.

이번에 이병웅이 선택한 곡은 송골매의 '처음 본 그 순간'이었다.

가창력 대신 의미를 선택한 곡.

그럼에도 처음부터 드럼을 배경으로 깔고 터져 나온 이병웅의 기타연주는 단박에 관객들을 사로잡았다.

"그대, 그대를 처음 본 그 순간……"

부드럽고 감미로운 고백.

처음 본 여인에게 설레었던 남자의 마음을 고스란히 전해 주는 가사가 이병웅의 입을 통해 흘러나왔다.

이번 노래를 듣는 관중들의 반응은 첫 번째와 완전히 달랐다.

'She's gone'에서 노래가 주는 감동에 완벽하게 사로잡혔던 관객들은 두 번째 노래를 즐기는 와중에도 끊임없이 VIP석에 앉아 있는 황수인을 가리키고 있었다.

*　　　　*　　　　*

여러 군데 포진된 카메라맨들은 이병웅이 노래하는 동안 곳곳을 누비며 날 것 그대로의 관객 반응을 화면에 담느라 정신없었다.

두 번째 노래가 진행되는 사이 당황해하는 황수인의 반응도 마찬가지였다.

황수인은 노래가 진행될수록 자신에게 향하는 관객들의 시선에 몸 둘 바를 모르고 있었는데, 이런 상황을 전혀 예상치 못한 모습이었다.

이윽고 노래가 끝났을 때 관객들은 박수조차 치지 않은 채 이병웅의 다음 행동을 기다렸다.

이병웅과 황수인.

관객들의 터질 듯한 기대감이 충분히 이해될 만했다.

생각해 보라.

은막의 여왕과 신드롬을 일으키며 엄청난 인기를 얻고 있는 이병웅의 만남.

마치 동화 속에 나오는 전설 같은 장면 아니겠는가.

*   *   *

이병웅이 서 있는 출입문이 열리며 예쁜 소녀가 꽃다발을 들고 다가와 그의 손에 전해 줬다.

7개의 꽃송이.

장미와 백합을 비롯해서 그동안 황수인에게 전해 주었던 꽃이 전부 포함된 꽃다발이었다.

이병웅이 꽃다발을 들고 무대로 내려가자 관객들의 긴장감은 최고조에 달했다.

그건 황수인도 마찬가지였다.

절대 그럴 리가 없다고 생각했으나, 이병웅이 무대에서 내려와

한 발, 한 발 그녀 쪽으로 다가오자 심장이 저 혼자 미친 듯 뛰기 시작했다.

천천히, 그러나 망설임 없이.

이병웅은 직선으로 그녀에게 다가왔다.

그런 후 놀란 눈을 하고 있는 황수인을 향해 꽃다발을 내밀었다.

"황수인 씨, 당신을 만나 뵙게 되어 영광입니다. 여기까지 저를 만나러 오시느라 고생하셨어요. 앞으로 남은 시간 즐거운 시간이 되도록 최선을 다하겠습니다."

얼떨결에 일어선 황수인이 날벼락을 맞은 표정으로 꽃다발을 받아 들었다.

그러자, 관객 쪽에서 엄청난 환호성이 일어났다.

그들은 지금 상황이 어떤 것인지 전혀 몰랐음에도 로맨틱한 장면에 매료되어 아낌없이 박수갈채를 보내고 있었다.

이병웅과 황수인을 찍기 위해 3대의 카메라가 돌아갔고 관객들을 이해시키기 위해 김기찬이 무대로 나와 '인연 만들기'가 촬영되고 있다는 것을 알려 줬다.

그러자 관객들의 환호성과 박수갈채가 훨씬 커지며 콘서트장을 울렸다.

*　　　　*　　　　*

콘서트장에서 나와 장소를 옮긴 곳은 바다가 보이는 예쁜 횟집이었다.

이곳 역시 '창공'의 김윤호 사장이 직접 수배한 곳이었다.

"사장님, 장소가 참 좋네요."

"우리 직원들이 고생 좀 했죠."

"저 친구 어떻게 스카우트하셨습니까. 다른 기획사도 꽤 접근했을 텐데요?"

"'창공'이니까요."

횟집에 마주 앉은 두 사람을 보면서 김윤호가 밝게 웃었다.

그가 얼마나 '창공'을 자랑스럽게 생각하는지 알 수 있는 멘트였다.

그러자 담당 PD 최정호가 쓴웃음을 지었다.

"어쨌든 보물을 얻은 것 같군요. 제가 봤을 때 쟤는 곧 대한민국 최고 스타 반열에 오를 것 같습니다."

"고맙습니다."

"아니, 어쩌면 벌써 그렇게 된 건지도 모르겠네요. 아까, 관객들의 반응을 보면서 그런 생각이 들었습니다."

"PD님이 도와주셔서 그렇죠. 아마, 이 프로그램이 방송되면 저 친구의 인기는 더욱 올라가게 될 것 같네요. 제가 나중에 술 한잔 사겠습니다."

"별말씀을요. 술은 오히려 제가 사야죠."

"허허… 그런가요. 하긴, 누가 술을 사느냐가 중요하겠습니까. 우리 둘 다 저 친구로 인해 꽤 많은 소득을 얻을 테니 나중에 좋은 놈으로 마십시다."

*　　　　　*　　　　　*

뭔가 조금 어색하다.

주변엔 온통 카메라와 스태프들이 득실대고 있었으니 제대로 식사하기가 어려웠다.

그렇지만 이병웅은 부드러운 미소를 지은 채 그녀에게서 시선을 떼지 않았다.

"전혀 생각하지 못하셨나요?"

"예, 저는 하버드, 아니, 제 상대가 이병웅 씨라고는 꿈에도 생각하지 못했어요."

황수인이 말을 멈췄다가 침착하게 대답했다.

변호사가 상대인 줄 알았다는 말이 입 밖으로 나오는 걸 겨우 수습한 그녀가 살짝 얼굴을 붉혔다.

역시 베테랑답다.

프로그램의 비밀을 알고 있었다는 사실이 새어 나오는 걸 그 짧은 순간에 수습한다는 건 그녀가 그만큼 현명했기 때문이다.

"실제로 보니까 더욱 아름다우시네요. 저는 황수인 씨의 팬입니다."

"호호… 고마워요. 병웅 씨도 정말 잘생기셨어요."

서로에 대한 덕담이 오고갔다.

그런 후 곧 최근 근황에 대한 이야기들이 주제로 올라왔다.

"저, 병웅 씨가 지하철에서 불량배들 때려눕히는 동영상 봤어요. 그때 정말 많이 놀랐어요. 막 붕붕 날아다니고……. 어쩌면 그렇게 싸움을 잘해요?"

"그런 상황에 처하면 초능력이 나오나 봐요. 저도 그때 어떻게 했는지 정신이 없었는데, 방송을 보고 깜짝 놀랐어요."

"에이, 그건 아니죠. 평소, 싸움 실력이 있으니까 위기 상황에서 나온 거잖아요."

"하하… 사실 운동을 조금 하긴 했어요."

"어떤 운동을 했어요?"

"이것저것… 조금씩."

빤히 쳐다보며 호기심에 젖어 있는 그녀의 얼굴을 보며 이병웅이 쓴웃음을 지었다.

하긴, 누가 봐도 충격적이었을 거다.

한 순간에 3명의 불량배를 때려눕히는 장면은 나중에 방송으로 봤을 때 꽤 멋있는 그림으로 나왔다.

여자인 그로서는 영화나 드라마가 아닌 현실에선 처음 보는 장면이었을 테지.

"S대 경영학과 다닌다면서요?"

"예."

"거긴 고등학교 때 최상위권이어야 들어가는 학교잖아요. 공부 잘하셨나 봐요. 어쩌면 그렇게 공부를 잘할 수 있어요?"

"학교 수업 충실히 듣고 하루에 5시간만 잤습니다. 기출 문제 위주로 공부하면서……."

그의 농담에 황수인이 깔깔거리며 웃었다.

참 궁금한 것도 많다.

한번 말문이 열리자 그녀는 많은 것들을 물어 왔는데, 기타와 노래, 심지어 '환상의 파트너'에 출연한 배경까지 꼬치꼬치 질문했다.

이러면 안 되는데.

남녀 간의 관계에서 가장 중요한 것은 자신에 대한 질문에 답을 하는 게 아니라 여자에 관한 이야기를 들어 주는 것이다.

그랬기에 그녀의 질문이 잠시 멈췄을 때 이병웅은 본격적으로 그녀의 직업인 영화 이야기를 꺼내 상황을 반전시켰다.

이곳에 오기 전 그녀가 출연했던 영화를 전부 봤다.

적을 알아야 전투에서 승리할 수 있다는 건 누구나 아는 진부한 사실이지만, 남녀 관계에 있어서 그것만큼 효율적인 것도 없기 때문이다.

"영화 '운명'에서 황수인 씨의 연기는 정말 훌륭했어요. 노을 사이로 피어나는 한 줄기 외로움. 그리고 눈물을 참으며 노을 사이로 걸어가는 수인 씨 모습을 보면서 많은 사람들이 울었을 거예요. 저도 눈물을 흘렸으니까요."

"과찬이세요."

"그때 감정 연기를 하면서 어떤 생각을 하셨나요. 혹시 떠난 남자 친구를 막 그리워하고 그런 건 아니죠?"

"호호… 아니에요."

그녀는 많이 웃었다.

이병웅이 적절히 농담을 섞어 가며 영화에 대한 그녀의 이야기를 들어줬기 때문에 식사 시간 동안 웃음꽃이 끊이지 않았다.

식사를 마친 후 두 사람은 별빛같이 아름다운 등대의 조명을 받으며 걸었고, 커피숍에 마주 앉아 도란도란 데이트를 즐겼다.

마치 다정한 연인들처럼.

그렇게 시간은 흘렀고 담당 PD 최정호가 마지막 오케이 사인을 끝으로 촬영이 모두 마무리되었다.

이제 내일 아침 시청자들이 가장 기다리는 마지막 촬영을 끝내면 '인연 만들기' 황수인 편은 여기서 끝난다.

'인연 만들기'의 마지막 장면은 특정한 장소를 지정해 놓고 출연했던 남녀가 과연 나타날 것인지 알아보는 것이었다.

서로가 마음에 들었다면 그곳에 나타날 것이고, 그렇지 않다면 '인연 만들기'는 실패로 돌아간다는 게 이 프로그램의 하이라이트였다.

*   *   *

최정호는 황수인에게 아무런 언질조차 주지 않았다.

지금까지 15회를 촬영하면서 그가 직접 나서 연예인들을 만남 장소로 나오게 만든 건 5번이었다.

누구에게도 알려지지 않은 프로그램의 비밀.

연예인들은 인기로 먹고 사는 사람들이고, 일반인들과 맺어진다는 건 사실 말도 안 되는 일이기 때문에 프로그램의 시청률을 올리기 위해 어쩔 수 없는 조치였으나, 사실이 알려진다면 시청자를 속였다는 사실 하나로 프로그램은 폐지되었을 것이다.

그러나 이번 회는 이전과 다르다.

황수인은 물론이고 이병웅까지 대중들의 관심을 한 몸에 받고 있는 사람들이었기 때문에 섣불리 나설 이유도 없었고 그 역시 결과가 너무나 궁금했다.

물론, 그동안 두 사람이 지금까지 함께하면서 보여 준 다정함으로 봤을 때 서로에 대한 호감도는 역대 최고였으나 그렇다고 두 사람이 만남 장소에 나올 거라 자신하기 어려웠다.

황수인은 은막의 여왕이었으며 지금까지 한 번도 스캔들을 만든 적이 없는 여우였고, 이병웅은 그로서도 판단하기 어려운 뉴 페이스였다.

두 사람이 출연하면서 '인연 만들기'는 대박이 터질 것이다.

벌써 콘서트에 참여했던 관객들이 SNS를 통해 실어 나른 통에 인터넷에서는 이미 난리가 난 상태였다.

첫째 날 황수인이 상대를 만나기 위해 애를 태우며 관광 명소를 찾아다녔던 장면은 이병웅의 정체가 노출되면서 전부 효과가 상실되어 버렸다.

그럼에도 최정호는 영업 비밀이 밝혀졌음에도 전혀 아쉬워하는 기색을 보이지 않았다.

그러면 어떤가.

콘서트 관객들로 인해 이병웅의 출연 사실이 알려지면서 막대한 홍보가 되고 있었으니 시청률은 그야말로 대박이 터질 것이다.

문제는 이제 두 사람이 만남 장소에 나올 것인가였다.

둘 다 나온다면?

뭐, 죽여주는 거지.

만약 그렇게 된다면 '인연 만들기'는 한동안 세간의 화제가 되면서 두 사람이 만나는 동안 불멸의 시청률을 올리게 될 것이다.

*   *   *

"왜 그러니?"

"뭐가?"

"너 정신없이 돌아다니잖아. 좀 앉아 있어."

"응."

방 안을 서성이던 황수인을 향해 이상하다는 표정을 짓자 그녀가 슬그머니 침대에 앉았다.

그러더니 이젠 부지런히 손톱을 뜯었다.

"야, 그거 어떻게 만든 손톱인데 뜯고 있어. 도대체 왜 그래?"

"아냐."

"아니긴 뭐가 아냐. 혹시 불안해서 그러니?"

"언니, 나 어떡하지?"

"뭐가?"

"거기 나가야 할까?"

"그거야… 휴우. 내가 혼자 독박 쓰려고 했는데, 이젠 너 하는 짓 보니까 도저히 안 되겠다. 사실 여기 오기 전부터 사장님 오더가 있었어. 어떤 놈이 나와도 만남 장소에 나가지 못하게 만들라고 했어. 그러니까 나 죽일 생각 아니면 나가지 마."

정미경의 말을 들은 황수인이 입을 오므린 채 고개를 작게 흔들더니 고개를 돌려 창밖을 바라봤다.

호텔 창밖은 어느새 달빛이 환하게 세상을 비췄고 바다 한가운데 떠 있는 배들은 마치 반딧불처럼 영롱하게 빛나고 있었다.

황수인은 밤새 뒤척거리며 잠을 설쳤다.

소속사 사장의 지시가 무엇을 뜻하는지 너무나 잘 안다.

그럼에도 오늘 하루 그와 함께 하면서 즐거웠던 그 시간들이 너무나 아쉬웠다.

자신이 나가지 않는다면 얼마나 실망할까?

영화배우로 산다는 것.

스타로서 수많은 사람들의 선망 속에 살아간다는 건 너무나 힘든 일이 많았다.

배우가 되고 얼굴이 알려지기 시작하면서 옛날처럼 친구들과 편하게 식사를 한 적이 드물었다.

길을 잠시 걸어도, 외국을 가기 위해 공항을 갈 때도, 쇼핑을 할 때도 언제나 사람들의 시선 속에서 행동을 조심하고 또 조심해야 했다.

남자 친구를 사귄 건 벌써 3년 전의 일이었다.

첫 작품에서 함께 연기했던 사람인데, 불과 6개월을 사귀다 헤어졌다.

사람이 사람을 만나는 것은 사랑이 바탕에 깔려 있어야 하는데 그와의 만남은 호감에서 시작되었지만 사랑으로 진행되지 못했다.

이유는 서로가 너무 바빴기 때문이다.

몸이 멀어지면 마음도 멀어진다고 했던가.

남녀 간의 사이는 만나는 횟수가 줄어들면 줄어들수록 헤어질 이유가 너무 많이 생겼다.

"아침 먹은 후 간단한 인터뷰 하고 떠나면 돼."

"인터뷰?"

"안 간 이유에 대해서 촬영해야 된다고 감독님이 그러더라. 식사하고 9시 30분까지 오래."

"그 사람은……."

황수인의 입에서 이병웅에 대한 이야기가 나오다 멈췄다.

그는 분명히 갈 것이다.

그리고 뒤늦게 자신이 떠났다는 것을 안 후 실망하며 발길을 돌리겠지.

괜히 가슴이 싸늘하게 식어갔다.

그 모습을 생각했을 뿐인데도 너무나 미안하고 안타까웠다.

*　　　　*　　　　*

아침 식사를 하고 호텔로 돌아와 화장을 고치자 정미경이 짐을 챙기다가 슬며시 다가왔다.

"너, 기분 안 좋구나?"

"안 좋아."

"대충 네 마음 알겠어. 그래도 접어. 너와 그 사람, 절대 이루어질 수 없어."

"왜?"

"둘 다 너무 대중들한테 알려져 있잖아. 만약 네가 나간다고 생각해 봐. 아마 대한민국이 난리 날걸?"

"미혼 남녀가 호감이 있어서 만나 보겠다는데, 그게 왜 난리가 나?"

"너는 둘째 치고, 그 사람은 이제 막 인기를 얻기 시작한 햇병아리야. 더군다나 너도 알다시피 여자들한테 어마어마한 인기를 얻고 있어. 그런데 네가 나가 봐라. 여자들이 어떻게 생각하겠니. 한마디로 그 사람은 골로 가는 거야."

"헐!"

"연예계에 데뷔하자마자 황수인과 스캔들을 일으킨 남자. 그런 남자를 누가 좋아하겠어. 나 같아도 질투 나서 싫어하겠다."

"정말 그럴까?"

"당연하지. 내 말 믿어. 그러니까 이제 가자. 짐은 내가 챙겨서 갈 테니까 너 먼저 로비에 나가 있어."

*   *   *

복도를 지나 엘레베이터를 타고 로비로 나오자 '인연 만들기' 스태프들이 대기하고 있는 게 보였다.

아침부터 그녀가 나타나자 카메라가 돌아가기 시작했다.

"잘 잤어요?"

"예. PD님도 잘 주무셨죠?"

"그럼요. 식사는 했을 테고, 시간이 조금 남는데 저기 커피숍에서 차 한잔할래요?"

"좋아요."

최정호가 그녀를 이끌고 커피숍으로 향하자 카메라 두 대가 따라왔다.

하여간 방송물을 먹는 사람들은 단 한순간도 방송을 잊지 않는다.

이 모든 것들이 촬영된 후 편집 과정을 거쳐 가장 재밌는 장면들만 살아남아 시청자들에게 보여지겠지.

자리를 잡은 최정호가 직접 그녀가 주문한 아메리카노를 들고 다가왔다.

프로그램 PD는 출연자에겐 하늘과 같은 존재였지만, 최정호는 그런 사실을 안중에도 두지 않는 것 같았다.

"그래, 결정했어요?"

"예. 저는……."

"아, 말하지 않아도 괜찮아요. 수인 씨 마음은 이따 인터뷰 촬영 전에 표시해 주면 되거든요. 내가 프로그램을 만들고 있지만, 사실 지금 이 순간은 나도 즐기고 싶어요. 재미있는 장면은 오래 기다려야 제맛이니까."

"네. 그런데, 그 사람은 어디서 잤어요?"

"이병웅 씨는 다른 호텔에서 잤어요. 가장 중요한 결정이 남았는데 같이 있으면 안 되잖아요."

"그렇구나."

마지막으로 보고 싶었다.

만약 이곳에 그가 있었다면 미안하다는 말을 남기고 싶었다.

*　　　　　*　　　　　*

인터뷰를 마치고 공항으로 향했다.

짧은 인터뷰.

정미경이 시킨 대로 너무 좋은 사람이지만, 스케줄이 바빠 좋은 관계로 발전하기 어려울 것 같다는 핑계를 대며 잔뜩 아쉬운 표정을 지었다.

황수인이 그런 결정을 내리자 멀리서 지켜보던 최정호가 그럴 줄 알았다는 표정으로 고개를 끄덕이는 게 보였다.

여우가 오죽할까.

이럴 줄 알면서도 자신의 마음을 떠본 그가 괜히 얄밉게 느껴졌다.

그보다 더 격한 반응을 보인 건 여자 스태프들이었다.

그녀들은 자신이 약속 장소에 나가지 않는 것으로 결정하며 인터뷰를 하자 노골적으로 다행이라는 표정들을 짓고 있었다.

"만남 장소는 어디래?"

"목마등대."

"제주도에 그런 것도 있어?"

"제법 유명한 곳이야. 빨간 목마와 하얀 목마가 방파제 양쪽에 설치되어 있어. 바다 옆에 있어서 사진 찍기 좋아하는 사람들이 많이 찾는 명소래."

"어느 목마에서 만나는데?"

"호호… 최정호 PD 준비 많이 했는데 아쉽겠다. 내가 대본을 보니까 남자는 빨간 목마, 여자는 하얀 목마로 정해진 시간 안에 가면 인연이 이어진다고 하더라. 아마, 지금쯤 촬영 준비 하느라 정신없을 거야. 비록 김빠진 사이다가 되겠지만."

"몇 시까지 가면 되는 거야?"

"11시, 그런데 그런 걸 왜 물어. 곧 비행기 타야 될 애가."

"그냥. 궁금해서."

공항에 도착했다.

그런 후 매니저에게 화장실을 간다는 말을 남긴 후 공항 로비를 건너 게이트를 빠져나왔다.

차를 타고 오면서 끊임없는 갈등에 시달렸다.

자신의 영혼을 빨아들일 것 같은 그의 부드러운 시선이 머릿속에서 끝없이 떠올라 그녀를 괴롭혔다.

대한민국 최고의 배우가 된 후 한 번도 자신의 마음대로 살아본 적이 없었다.

타인의 시선을 의식해야 했고, 인기 관리를 위해 언행을 조심하면서 언제나 웃는 얼굴을 만들며 살아야 했다.

왜 이렇게 살아야 하지. 왜?

나도 내 삶을 살고 싶어. 좋은 사람 만나 데이트도 하고 맛있는 거 먹으며 행복하게 살고 싶어.

지금까지 내면에 숨겨놨던 욕망.

그 욕망이 마구 들끓기 시작하면서 그녀를 힘들게 만들었다.

그 욕망의 분출을 만들어 낸 사람은 바로 이병웅이었다.

나는 그를 한 번 더 만나고 싶다.

그게 지금 내가 진짜 하고 싶은 일이야.

나중에 어떻게 되건 지금의 나는, 오직 그에게 달려가 마지막 순간을 함께하고 싶을 뿐이야.

그랬기에 그녀는 마침, 다가 온 택시를 타고 목마등대로 향했다.

지금 시각, 10시 40분.

과연 갈 수 있을까?

"기사님, 목마등대. 최대한 빨리 가주세요. 11시 이내에 하얀 등대에 도착해야 해요."

"예, 알았습니다."

택시기사는 분명히 그녀의 정체를 알아봤다.

그럼에도 황수인이 곧 죽을 것처럼 서두르자 알은체도 하지 못하고 택시를 총알처럼 몰기 시작했다.

* * *

촬영장의 분위기는 맥이 빠져 있었다.

MC인 정형석이 분위기를 띄우며 멘트를 날리고 있었지만, 시간이 다 되어 가도록 두 사람은 나타나지 않았다.

당연한 일이다.

두 사람은 예상했던 대로 전부 오지 않겠다며 인터뷰를 마쳤기 때문에 내용을 아는 스태프들은 맥이 빠져 있는 상태였다.

2일 동안 촬영을 하면서 너무 긴장을 했기 때문인지, 아니면 바닷바람 때문인지 슬금슬금 오한이 올라왔다.

"담배 하나 주라."

"이번 촬영 정말 힘들었습니다. 이렇게 긴장 상태에서 촬영한 게 얼마 만인지 모르겠어요."

담배를 건네주고 불을 붙여준 AD 이윤창이 너스레를 떨자 최정호가 피식 웃었다.

자신도 그랬는데 일선에서 온갖 일을 챙겨야 하는 그는 아마 더 했을 것이다.

"그런데 조금 아쉽네요. 둘이 마지막에 만나는 장면까지 나왔으면 그냥 죽음이었을 텐데요."

"그건 우리 바람이지. 그런 일이 생겼다면 우리 프로그램은 몇 달 동안 대충 때워도 계속 대박 났을 거다. 조금 아쉽지만 어쩌겠어. 걔들이 어디 보통 애들이냐."

"그렇긴 하죠."

"이것만 해도 난 충분히 만족해. 이번에 찍은 필름이 방송을 타는 순간 최소 시청률 30%는 가뿐히 찍는다. 우리 소원이 뭐였냐. 시청률 30%였잖아. 그 소원이 이뤄질 판인데 뭘 더 바라."

"지금 인터넷에서 난리가 났습니다. 실검 1위가 이병웅이고, 2위가 황수인, 3위가 우리 프로그램이에요."

"그러고 보면 '창공' 사장 참 대단해. 그 잘나가는 블랙스톤까지 동원해서 우리 프로그램을 도와줄지 누가 알았겠어."

"잠깐 그쪽 매니저하고 이야기 했는데 창공 사장이 이병웅을 끔찍하게 여긴답니다."

"넌 안 그러겠냐. 그놈 노래하는 거 봐. 난 소름이 쫙 끼치더라."

"휴우… 그러고 보면 하나님은 정말 불공평해요. 하나를 줬으면 나머지는 골고루 나눠 줘야지 그게 무슨 짓이냐고요!"

"내 말이 그 말이다."

최정호가 담뱃불 끈 후 꽁초를 주머니에 넣으며 자리에서 일어났다.

그때 스태프들이 웅성거리며 떠드는 소리가 들려왔다.

무슨 일인가 궁금한 최정호와 이윤창이 달려가자 스태프들이 하얀 등대 쪽 방파제를 가리켰다.

헉! 아니, 쟤가 왜?

마치 천사가 달려오는 것같이 보였다.

하얀 원피스를 휘날리며 방파제를 따라 달려오는 여자는 분명 공항으로 떠난 황수인이었다.

"환장하겠네."

＊　　　　＊　　　　＊

일주일 동안 인터넷을 뜨겁게 달구었던 소문 하나.

그것은 바로 '인연 만들기'에서 황수인의 파트너로 신드롬을 일으키고 있는 이병웅이 출연한다는 것이었다.

처음에는 설마 하던 사람들이 직접 콘서트장을 찾았던 관객의 증언과 현장 사진까지 올라오자 뜨거운 기대감에 사로잡혔다.

직접 현장에 있던 관객들은 블로그와 카페, 그리고 SNS에서 이병웅의 폭발적인 노래 실력에 대해 열변을 토했는데, 현재 한국에서 가창력으로 최고라는 황승익과 비견될 정도라며 감탄을 금치 못했다.

인터넷에서 공방이 펼쳐졌다.

아무리 이병웅이 노래를 잘한다 해도 감히 황승익과 비교한다는 것 자체가 어불성설이라는 사람들과 이병웅을 지지하는 사람들이 양쪽으로 나뉘어 뜨거운 공방을 펼쳤다.

하지만 그런 공방도 시간이 지나며 본 방송 날짜가 다가오자

점점 시들어졌고 대신 커다란 기대감이 사람들 사이에 퍼져 나
갔다.

*　　　　*　　　　*

"야, 씨, 빨리 오라니까. 넌 왜 맨날 중요한 순간에 화장실을
가!"

"내가 그러고 싶어서 그래. 나 아무래도 과민성대장증후군인
가 봐. 꼭 중요한 순간이 되면 화장실이 급해."

"참 흥미로운 증세시네요. 나중에 시집 가서는 그러지 마라.
그러다 소박맞을라."

"호호… 그거와는 다르지. 넌 긴장과 흥분도 구별 못 하니?"

"어휴, 말은 잘해."

"맥주 줘 봐. 어차피, 광고 신나게 할 거잖아."

"광고 벌써 10개나 지났다. 금방 시작할 거야."

말은 그렇게 하면서 김미숙이 맥주 캔을 들어 넘겨주자 신희
연이 벌컥벌컥 목구멍 안으로 쏟아부었다.

"잘한다. 화장실 갔다 왔을 땐 맥주로 그렇게 소독해 줘야
해."

"그놈의 화장실. 그만해, 이젠 치킨 먹어야 해."

신희연이 치킨을 들고 바삭 소리를 내면서 먹을 때 거짓말처
럼 광고가 끝나면서 '인연 만들기' 방송이 시작되었다.

MC의 거창한 설명이 지나가고 곧이어 황수인이 화면에 잡혔다.

실물도 예뻤지만 화면발 하나는 끝내준다.

"아, 됐고. 빨리빨리 지나가. 난 이병웅이 보고 싶다고. 누가 네 얼굴 보고 싶대!"

"이것아. 모든 건 때가 되어야 나오는 거야."

"이게, 또 허리하학 쪽으로 가시네. 엘리트 사원답게 고급스러운 단어를 써 봐. 맨날 야한 소리만 하지 말고. 넌 회사에서도 그러니?"

"그럴 리가. 내가 회사에서는 얼마나 차도년데."

"남자들이 시선 주면 막 쌩 까고 그래? 엉덩이 살랑살랑 흔들면서?"

"내가 엉덩이 흔들면 우리 회사 남자 직원들 전부 죽어."

"호호… 해 봤니?"

"아직, 그런데 사냥감이 나타났어. 그래서 곧 해 볼 생각이야."

화면에서 황수인이 관광 명소를 찾아다니는 장면이 지나가는 동안 두 여자는 온갖 농담을 하면서 시간을 보냈다.

여자들의 최대 적은 자신보다 예쁜 여자가 눈앞에서 알짱대는 것이다.

그랬기 때문인지 그녀들은 황수인이 원 샷으로 나와 예쁜 척하는 걸 고운 눈으로 보지 않았다.

하지만 문제의 그 장면이 나오기 시작하자 그녀들의 대화가 뚝 그쳤다.

드디어 인터넷을 뜨겁게 달구었던 장면들이 시작되었던 것이다.

김미숙과 신희연은 멍하니 앉아 화면에서 흘러나오는 이병웅의 노래를 들었다.

기대를 잔뜩 하고 있었으나, 그의 노래는 상상의 범주를 훨씬 뛰어넘는 서정성을 보여 주었다.

'She's gone'은 슬픈 노래다.

연인을 떠나보낸 남자의 감수성이 담긴 노래였으나, 사람들은 지금까지 슬프다는 감정을 별로 느끼지 못했다.

원곡의 가수가 폭발적인 가창력으로 그 슬픔을 상쇄시켰기 때문이었다.

그러나 이병웅의 노래는 달랐다.

처음부터 끝까지 슬픔을 노래했는데, 그의 얼굴엔 안아 주고 싶은 마음이 들 정도의 쓸쓸함이 담겨 있었다.

노래가 끝났을 때 두 여자의 눈에는 눈물이 글썽였다.

그녀들도 모르게 감동이란 놈이 그녀들의 가슴을 적셨기 때문이었다.

"아이, 씨. 너무 슬프잖아!"

"이병웅, 엄청나네. 인터넷에서 난리를 피운 이유가 있었어."

"뭔, 노래를 저렇게 잘해. 쟤 미친 거 아냐?"

"진짜, 대박이다."

한동안 노래가 준 감동에서 벗어나지 못했던 두 여자는 계속 이어진 화면을 보면서 침을 꼴깍 삼켰다.

이미 내용을 알고 있었음에도 스토리의 긴장감이 그녀들을 빠져들게 만들었다.

그다음부터는 일사천리.

두 사람의 데이트가 나왔고 아름다운 장면들이 연속적으로 이어졌다.

"쩝, 부럽네."

"부러워하지 마라. 그러면 지는 거야."

"씨, 나도 쟤랑 데이트해 보고 싶어."

"넌 안 돼."

"왜!"

"내가 이미 찜했거든."

"흥, 인생의 적수가 여기 있었구나. 덤벼라, 사생결단이다."

두 눈은 화면을 향하고 있었지만 언제나 그렇듯 두 여자의 농담이 끊임없이 이어졌다.

영혼의 친구는 이래서 좋다.

머리부터 발끝까지 모든 걸 알고 있으니 농담의 유쾌함이 극대화된다.

캔 맥주와 치킨, 그리고 화면을 보면서 나누던 농담이 서서히 멈춘 건 마지막 장면 때문이었다.

두 사람의 데이트가 한동안 이어졌지만, 그녀들은 마지막 결과가 어떻게 나타날지 짐작하고 있었다.

벌써 직장 생활 5년 차.

그 정도 짬밥이면 세상이 어떻게 돌아가는지 빠삭하게 알기 때문이다.

하지만 그녀들의 눈은 황수인이 방파제를 건너 달려오는 장면을 봤을 때 찢어질 듯 커졌다.

"황수인이 왔어. 쟤 미친 거 아냐?"

"이병웅은?"

"아우, 병웅이……."

사람은 언제나 극적인 장면을 좋아한다.

대박이 난 영화들은 전부 하나같이 공통점이 있는데 유머든, 슬픔이든, 감동이든 특별한 무언가가 관객들을 사로잡는다.

두 여자 역시 마찬가지였다.

이병웅으로 인해 주말 저녁 일찌감치 자리를 잡고 '인연 만들기'를 시청했지만, 막상 안타까운 황수인의 얼굴을 보게 되자 이병웅이 뒤늦게라도 나오기를 바라는 마음이 들었다.

그러나 이병웅은 끝내 모습을 드러내지 않았다.

*　　　*　　　*

"죽여주네, 우리 병웅이."

"또 난리 나겠다. 저놈 분명 의도적이야. 감히 우리 수인이를 바람맞히다니……. 나쁜 새끼."

홍철욱과 문현수가 '인연 만들기'의 마지막 장면을 보면서 분노를 참지 못했다.

두 놈의 워너비는 언제나 황수인이었다.

"감히, 우리의 히로인을 거절했어. 이 자식 어디 갔어. 당장 얼굴에 밭고랑을 만들고 말겠다."

"아서라. 그랬다간 우린 여자들한테 맞아 죽어."

"휴우, 미친놈. 도대체 어쩌려고 자꾸 텔레비전에 나가는 거야. 유명해지면 유명해질수록 살기 어려워질 텐데. 지금까지 번 것만 가지고도 한평생 편하게 살 수 있잖아."

"그놈이 우리하고 같냐. 뭔가 꿍꿍이가 있을 거야."

"무슨 꿍꿍이?"

"그건 나도 모르지."

"모르면서 왜 아는 척해?"

"있어 보이잖아."

"미친놈."

"그나저나, 인터넷 또 난리 나겠다. 인터넷 켜 봐. 실검 1위에 또 올라갔을 거 같아."

홍철욱의 말에 문현수가 입맛을 다시며 컴퓨터 화면에 포털 사이트를 열었다.

예상은 정확했다.

아직 프로그램이 끝나지 않았음에도 실검 1위에는 이병웅의 이름이 반짝거리고 있었다.

*   *   *

"무슨 일이야?"

"지금 전화통에 불이 나고 있습니다."

"광고 회사 사장들이지?"

"어떻게 아셨어요?"

"당연한 거잖아. 걔들도 눈이 있으니까 봤을 거잖아."

급히 사장실을 열고 들어 온 기획실장을 향해 김윤호가 밝은 웃음을 흘렸다.

대박이 터졌다.

'인연 만들기'의 시청률은 무려 35%를 찍었고 인터넷 유료 동영상 클릭 수가 벌써 60만이 넘었다.

더군다나 일주일이 지난 지금까지 인터넷은 온통 이병웅과 황수인의 이야기로 들끓고 있는 중이었다.

"어떻게 할까요?"

"뭘?"

"10억에 계약하겠답니다. 전부 지들 광고부터 찍게 해 달라고 난리예요."

"그거야, 먼저 계약하는 놈이 임자지. 하고 싶으면 총알같이 달려오라고 그래. 선착순, 오케이?"

"휴우, 제가 살면서 광고사들한테 이렇게 큰소리 쳐보기는 처음입니다. 우리 이래도 되는 겁니까?"

"원래 목마른 놈이 숭늉을 찾는 법이야."

"그러다가, 이병웅의 인기가 단발로 끝나면 우린 큰일 나요. 이런 때일수록 사장님이 광고사하고 스킨십을 잘해 놔야 합니다."

"걱정 마라. 절대 그런 일 없어."

"제발요. 돌다리도 두드리며 걷던 분이 사장님입니다. 전 불안해서 죽겠어요. 사장님은 걔 만나고 이상하게 변했다고요."

"이 실장, 너 내가 이 자리까지 왜 왔다고 생각하냐. 난 말이야, 박을 때 때려 박아야 된다는 신념으로 살아온 사람이야. 누울 자리를 보고 다리를 뻗었단 뜻이지. 그러니까 광고사나 불러들여."

"알겠습니다."

"돈이 굴러 들어오는 소리가 마구 들리는구나. 두고 봐, 우리는 이병웅으로 인해 떼돈을 벌게 될 거야."

*　　　　　　*　　　　　　*

사람들은 이병웅이 '환상의 파트너'에 출연하면서 일으킨 신드롬에 대해 일시적이라 생각했다.

특별한 일반인 중의 하나.

비록 이병웅이 가진 재능이 대단했으나 금방 그 인기는 시들 것이라는 게 전문가들의 평가였다.

'정의가 간다'도 마찬가지였다.

프로그램의 성격상 사람들에게 강렬한 인상을 남겼으나, 그것 역시 영웅에 대한 사람들의 동경심에 불과하다고 판단했다.

하지만 '인연 만들기'가 방송된 후 연일 이병웅 신드롬이 일어나자 전문가들의 생각은 180도로 변했다.

우연이 거듭되면 필연이 된다고 했던가.

전문가들은 이제 이병웅이 만들어 낸 신드롬이 결코 일회용이 아니라는 걸 인정하며 그의 스타성의 한계를 추측하기에 바빴다.

*　　　　　　*　　　　　　*

이병웅은 '창공' 쪽에서 연락 온 광고 촬영 스케줄을 하나씩 살피며 자신의 이미지를 최대한 살릴 수 있는 것들만 허락했다.

그에게 들어온 광고의 숫자는 모두 16개였다.

모두 10억이란 거액을 제시한 광고들이었다.

하지만 돈이 문제가 아니다.

우스꽝스러운 모습으로 과자나 라면 광고에 출연할 생각은 추호도 없었다.

앞으로 당분간 바빠지겠군.

광고를 찍는 데 평균 3일이 걸린다고 했으니 여유 시간까지 계산하면 5개를 찍기 위해 꼬박 한 달은 그쪽에 매달려야 한다.

그럼에도 이병웅은 걱정하지 않았다.

그가 하는 일들은 몸으로 하는 게 아니라 머리로 하는 것이었으니, 광고 촬영 중간중간에 수시로 일을 볼 수 있었다.

더군다나, 그에겐 훌륭한 조력자가 3명이나 있었기에 자신이 자리를 비워도 최신 정보들을 받아보는 데 아무런 지장이 없었다.

유니콘과 정인화학에 투자했던 160억은 3주 만에 50%의 수익을 낸 후 처분했다.

본격적으로 기업들이 자사주를 매입하는 시기에 지체 없이 팔아치웠다.

왜?

들어 봤잖아.

주식은 소문에 사고, 뉴스에 팔라는 말.

더 있어 봐야 얻는 수익은 적고 잘못하면 물리는 경우가 생긴다.

투자가는 머리꼭대기에서 파는 게 아니라 언제나 어깨에서 판다.

본격적으로 외국인의 매수세가 시작하는 타이밍에 맞춰 남았던 5백억 중 200억을 현물과 선물, 옵션에 나누어 베팅했다.

하지만 현물에서만 10%의 수익을 얻었고, 선물과 옵션에서는 오히려 15% 손해를 봤다.

외국인들은 사냥꾼들이었다.

한국 시장을 ATM기로 생각하는 외국인들은 막대한 자금으로 현물시장을 흔들어 옵션에 가담했던 개인들을 철저하게 사냥했다.

버틴다 해서 버틸 수 있는 시장이 아니었다.

외국인들이 움직이는 패시브 자금은 최소 5조. 그런 막대한 자금으로 시장을 조작하는데 무슨 수로 당해 낼 수 있단 말인가.

"이제 당분간 주식시장에 들어가지 마."

"왜?"

"기분이 나빠. 이 새끼들 장난질에 놀아날 이유가 없다."

"지금까지 잘해 왔잖아."

"우린 현물만 건드리고 선물 옵션은 들어가지 않는다. 지금 생각해 보니 끔찍하네. 저 새끼들 베팅 보니까 우린 죽다 살아난 거야."

끔찍한 거 맞다.

자신의 기술적 분석만 가지고 과감히 옵션에 베팅해서 600억을 먹은 건 진짜 천운이었다.

그 당시 외국인들이 빼도 박도 못 하는 상황과 절묘하게 맞지 않았다면 자신은 지금쯤 거지가 되었을 것이다.

외국인과 기관들의 베팅은 무자비했고, 소규모의 투자회사나 개인들은 그들의 맛있는 먹잇감에 불과한 존재들이었다.

"그럼, 투자 안 해?"

"해야지."

"주식 안 한다며?"

"당분간 안 한다고 했지 내가 언제 계속 안 한다고 했어?"

"언제 할 건데?"

"우린 지금부터 기다린다. 시기가 무르익을 때까지."

"무슨 때?"

"이 자식들아, 제발 공부 좀 하라고 했잖아. 정보만 잔뜩 취합하면 뭐 해. 분석하는 능력을 길러야지!"

"우리도 열심히 하고 있어. 너무 아르바이트생 구박하지 마라. 확 도망가는 수가 있어!"

"미친놈아. 아르바이트 비용을 300만 원이나 주는데 있으면 나와 보라 그래. 너 설마, 그게 아르바이트 비용이라고 생각하는 건 아니지?"

"그럼?"

"그럼은 뭐가 그럼이야. 아직도 '제우스'가 너희들 직장이란 생각 안 들어?"

"휴우, 난 악덕 사장 밑에서는 일 못 해."

"나도 마찬가지야, 틈만 나면 구박하는 놈 밑에서 일하면 건강에도 안 좋아."

"지랄들 한다. 시끄럽고, 너희들 지금부터 미국 정보에 신경 바짝 써. 특히 부동산 쪽 뉴스는 하나도 놓치지 마."

"왜?"

"하라면 해. 어제 중요한 정보가 들어왔으니까 정신 바짝 차리고 하나도 놓치지 마."

이병웅의 닦달에 홍철욱과 문현수의 입이 대 발이나 튀어나왔다.

말은 그렇게 하고 있었지만 그들은 이미 마음을 굳히고 있는 중이었다.

'제우스'에서 일을 하는 동안 정말 많은 것들을 배울 수 있었다.

특히, 정보를 분석하는 이병웅의 능력은 발군이라 뉴스의 어간 속에 숨겨 있는 의미를 파악하는 능력이 시간이 갈수록 증진되었다.

어딜 가서 이런 능력을 배운단 말인가.

비록 그들이 S대 경영학과에 다니는 재원들이었지만, 신입 사원으로 대기업에 들어갔을 때 한동안 선배들 뒤치다꺼리나 하게 될 것이다.

*　　　　*　　　　*

이병웅이 정설아를 급하게 불러낸 건 광고 촬영을 하루 앞둔 날이었다.

날씨는 무더웠고 학교는 방학을 했기 때문에 몸은 한층 더 자유로워졌다.

"무슨 일이야?"

"누나, 이제 제우스로 와 줘야겠어."

"갑자기, 왜?"

"아무래도 일이 시작되고 있는 것 같아. 미국의 부동산 시장이 곧 폭발할 것 같아."

"아직 그런 정보는 들어오지 않았어. 병웅 씨는 어떻게 그걸 알아?"

"누나 회사는 주로 정치, 경제 쪽 정보를 타기팅하느라 몰랐겠지만, 우린 거의 한 달 동안 미국 부동산을 깡그리 훑었어. 지금 미국의 부동산 관련 연체율이 급하게 상승 중이야. 이런 건 그쪽 신문에도 거의 안 나와. 우리가 찾은 정보는 부동산 전문지를 샅샅이 훑어서 나온 거야."

"그래도 너무 갑작스럽잖아."

"급해, 아무래도 상황이 생각보다 빠르게 돌아가는 것 같아. 그래서 누나가 와야 해. 지금 우리가 가진 자금은 원유 투자분을 빼면 720억이야. 급해지면 원유 쪽도 뺄 거야. 지금 원유 쪽은 우리가 베팅했을 때보다 60%가 상승했어."

"그럼 도대체 얼마야?"

"원유 쪽을 현금화하면 그것도 500억 정도는 돼."

"우와, 전부 1,200억이 넘네. 병웅 씨 대단해. 단기간에 도대체 얼마나 수익을 낸 거야?"

"이 정도면 할 만하지?"

"언제 가면 돼?"

"3일 줄게."

"완전 번갯불에 콩 구워 먹자고 하시네. 알았어, 서두를게."

"그리고 누나, 미국 쪽 파생 상품을 뒤지다가 재밌는 걸 발견

했는데, 경제신문 한쪽 가십란에 마이클버리란 사람이 빅쇼트에 투자했다는 내용이었어."

"빅쇼트?"

"부동산 하락에 판돈을 건 파생 상품이야."

"그런 게 있어? 난 처음 들어 봐."

"마이클버리란 사람이 은행을 일일이 쫓아다니면서 만든 상품이래. 그래서 말인데 나도 거기에 베팅을 했으면 해."

"투자를 하려면 그게 뭔지 정확하게 알아야 해. 수익률은 둘째 치고 계약서를 꼼꼼히 살피지 않으면 낭패를 당하는 수가 있어."

"알아, 하지만 내 감각이 맹렬하게 움직여. 이건 무조건 베팅해야 된다면서 울부짖는다고!"

제18장
지배자들

거대한 창을 통해 마천루가 보였다.

거대한 회의실을 채운 건 오직 3명.

두 명은 정교하게 만들어진 가면을 썼고, 오직 한 명만이 정체를 노출하고 있었다.

대체적으로 뭘 숨기는 자들은 구린 냄새를 풍기는 놈들이 많다.

그럼에도 가면을 쓴 자들의 몸에서는 자연스럽게 위압감이 흘러나왔다.

중요한 것은 왼쪽 얼굴을 드러낸 자가 그들을 향해 극도로 공경하는 자세를 취하고 있다는 것이었다.

그게 뭐가 중요하냐고?

아마, 당신이 그의 정체를 알았다면 충분히 이해할 것이다.

그는 바로 세계에서 가장 거대한 은행 JP MORGAN의 회장 제이미 다이몬이었으니까.

"현재 상태는?"

"거의 완료되었습니다."

"보고해 보시오."

"이미, 미국의 부동산 시장은 최악으로 치닫고 있습니다. 대출 연체자들이 급격하게 늘어나고 있어 은행들은 비상이 걸린 상탭니다. 이미 곧 본격적인 폭락이 시작될 것입니다."

"금융권은?"

"마지막 발악을 하고 있습니다. 은행들은 손실을 최소화하기 위해 오히려 프리미엄을 올리는 중입니다. 눈치 빠른 스마트머니들은 채권시장으로 갈아탔고, 마지막 핫머니들만 남아서 주식시장을 정리하는 중입니다."

심상찮은 대화.

다이몬의 입에서 보고가 흘러나오자 편안한 자세로 앉아 있던 자들의 입에서 기묘한 웃음이 새어 나왔다.

"꽤나 다급하겠군."

"그렇습니다. 그들로서는 어떡하든 손실을 만회하기 위해 발악하겠지만, 결코 벗어날 수 없을 겁니다."

"우리 쪽은 준비가 끝났겠지?"

"얼마나 오랫동안 준비한 건데 소홀하겠습니까. 염려 마십시오."

"크크… 시작되면 재미있겠어."

"세상이 뒤집어질 정도의 충격이 올 겁니다. 정부는 어쩔 수

없이 양적 완화를 선택할 수밖에 없습니다. 그렇지 않다면 대부분의 은행들이 도산하고 기업들도 무사하지 못할 테니까요."

"당연하겠지."

"그런데……."

다이몬이 말끝을 흐리자 기묘한 웃음을 흘리던 자들의 몸이 조금 앞으로 나왔다.

"그런데?"

"문제는 사람들입니다. 우리의 계획이 완성되는 동안 수많은 사람들이 고통에 시달리게 될 겁니다. 따라서 어느 정도 보완책이 필요하다고 생각됩니다."

"당신, 참 감성적이군."

중앙에 앉은 자가 건조한 음성으로 말하면서 뒤로 몸을 물렸다.

그 단순한 행동 하나로 분위기가 싸늘하게 가라앉았다.

"다이몬 회장, 세상은 언제나 질서 속에서 살아가는 법이오. 아래가 있으면 위가 있고, 지배자가 있으면 노예가 존재했지. 당신은 지금, 거대한 프로젝트를 진행하면서 그깟 벌레들의 안위를 걱정한단 말이오?"

"우리 계획이 실행된다면 수많은 실업자가 양산될 것이고 자살을 하는 사람들도 부지기수로 생길 겁니다. 우리가 원하는 것은 사람들을 죽이는 게 아니잖습니까. 그러니, 어느 정도 아량을 베풀어 주시길 부탁드립니다."

"푸하하… 아량? 이보시오, 다이몬 회장."

"예, 총수님."

"마스터께서 원하는 건 새로운 세상의 창조라는 걸 잊었소? 우리가 새로운 세상에서 영원히 지배자로 남기 위해서는 이번 파괴가 무엇보다 중요하오. 이번 프로젝트는 신세계 창조의 일환이며 한 치의 오차도 없어야 합니다. 감정에 젖어 일을 망치지 마시오. 만약 그런 경우가 생긴다면 당신의 목숨을 먼저 거둬갈 것이오."

가면 쓴 자의 말이 끝나자 다이몬 회장의 얼굴이 검게 죽었다.

이들은 한다면 한다.

아니, 만약 프로젝트에 문제가 생긴다면 자신뿐 아니라, 가족들과 주변 사람들까지 철저하게 파괴할 것이다.

그랬기에 그는 사람들을 걱정하던 마음을 거두고 탁자를 향해 고개를 꽉 수그렸다.

"죄송합니다. 마스터의 큰 뜻을 헤아리지 못하고 잠시 다른 마음을 먹었습니다. 총수님들이 걱정하지 않도록 프로젝트를 완벽하게 처리할 테니 부디 저의 실언을 용서해 주시길 바랍니다."

*　　　*　　　*

정설아가 사표를 던지자 회사가 발칵 뒤집혔다.

투자본부장이 그녀를 불러들인 건 정설아가 직속상관인 담당 상무에게 사표를 제출하고 얼마 지나지 않았을 때였다.

정설아가 본부장 직무실로 들어서자 거기엔 그녀의 사표를 받지 않으려고 몸부림치던 정길영 상무까지 앉아 있는 게 보였다.

"우리 차 마시며 이야기할까?"

역시 투자본부장 이명석은 정길영보다 한 수 위다.

워낙 이쪽에서 잔뼈가 굵은 사람이었기 때문에 캠브리지 출신으로 미국 증권사에서 근무하다 넘어온 정길영보다 한국시장 상황에 빠삭했다.

"사표를 낸 이유가 정말 건강상의 문제 때문이야?"

"누가 그래요?"

"정 상무한테 몸이 안 좋다고 그랬다면서?"

"감기 기운이 조금 있다고 했지만, 그게 전부는 아니에요. 저는 개인적인 사정이 있어 그만두는 거예요."

"어디야?"

"어디라뇨?"

"어떤 놈들이 얼마나 좋은 조건을 제시했는지 모르지만 먼저 정체는 알아야겠어. 어떤 개새끼들이 상도덕을 무시하고 에이스인 정 팀장을 데려간 거야?"

이명석은 확신하고 있는 것 같았다.

상도덕을 무시한다?

어쩌면 맞는 말이다. 누가 만들어 놓은 밀약인지 모르나, 상대 증권사의 직원들을 빼 가는 건 이쪽 세계에서 금기시 된 일이었다.

그렇다고 아주 없는 건 아니었다.

수익률에 목매다는 증권사의 사정상, 아주 특별한 경우에 한해서 스카우트하는 경우도 있기 때문이다.

"본부장님이 잘못 추측하신 거 같네요. 전 다른 증권사에 가지 않아요."

"그 말 믿어도 돼?"

"곧 들통날 거짓말을 왜 하겠어요."

"그럼 도대체 이유가 뭐야. 개인적인 사정이라는 게 도대체 뭐냐고?"

"그건 말씀드릴 수 없어요."

이명석이 답답해 미치겠다는 표정으로 윽박질렀지만 정설아는 조개처럼 입을 다문 채 대답을 회피했다.

하긴, 당연한 일이다.

좋아하는 남자를 위해 회사를 떠난다고 한다면 이명석은 더욱 의심의 깊이를 키워 나갈 것이다.

어떤 여자가 단순히 좋아하는 남자 때문에 자신의 인생이 걸린 직장을 떠난단 말인가.

그럼에도 '제우스'의 존재에 대해서는 입을 열지 않았다.

어차피, 시간이 지나면 제우스의 존재를 알게 되겠지.

하지만 다른 증권사에 가는 건 아니니까 거짓말한 것도 아니다.

거의 한 시간 동안 본부장의 설득과 회유를 받았지만, 정설아는 끝내 고집을 꺾지 않은 채 웃는 얼굴로 본부장실을 나섰다.

직원들은 갑작스러운 그녀의 퇴사에 충격을 받았는지 사무실에 들어섰을 때 쥐죽은 듯 조용했다.

언제나 시장 바닥처럼 시끄러웠던 사무실이었으나 캡틴의 갑작스러운 사표는 직원들을 긴장시키기에 충분한 것이었다.

그럼에도 그 고요는 얼마 가지 않았다.

그녀가 사무실에 들어선 후 짐을 정리하는 동안 사무실은 직원들의 고함 소리로 곧 다시 활기를 찾기 시작했다.

그런 거지.

누군가의 부재는 누군가의 기회가 되기 때문에 직원들은 또 다른 미래와 수익을 위해 열심히 뛸 수밖에 없다.

＊　　　　＊　　　　＊

세상은 어떻게 돌아가는가.

신용화폐가 세계경제의 금융 시스템으로 자리 잡으면서 세상은 양극화를 향해 빠르게 진행되었다.

제로섬 게임.

전 세계의 화폐 양을 다 합치면 얼마나 될지 생각해 본 적이 있나?

정답은 0이다.

즉, 누군가는 많은 돈을 소유하고 누군가는 빚을 진 채 힘겹게 살아가야 된다는 뜻이다.

회의실에 모인 이병웅과 정설아, 그리고 친구들은 전략 회의를 하고 있었다.

정설아는 일주일 전에 회사를 그만두고 합류한 이후 '제우스'로 출근하는 중이었다.

그들은 매일 아침 9시면 밤사이 진행되었던 세계경제, 정치, 사회에 대한 정보들을 분석했으며 투자 실적과 향후 전망에 대한 회의를 했다.

정설아가 '제우스'에 합류한 후 업무의 강도는 대폭 상향 조정되었다.

그녀는 오랜 증권사의 경험과 노하우를 가지고 있었기 때문에 '제우스'의 정보 시스템과 외국인들의 동향, 증권사의 전략까지 줄줄이 꿰고 있는 베테랑이었다.

"누나, 어떻게 됐어?"

"한 군데도 없어. 전혀 안 팔아. 그쪽은 상품만 열어 놓았을 뿐, 더 이상의 판매를 거절했어. 이젠 정말 위험해진 것 같아."

그렇다.

백방으로 움직여 마이클 버리가 만들었다는 파생 상품에 투자하기 위해 뛰어다녔으나, 미국은행들은 빅쇼트의 판매를 전부 거절했다.

상품을 만들어 놓고 팔지 않는다?

그 의미는 너무나 명확한 것이다.

홍철욱과 문현수도 이제 두 사람의 대화를 전부 이해하고 있었기에 얼굴이 굳어졌다.

정설아는 어제 밤까지 꼬박 새며 마지막 시도를 했는데, 결국 빅쇼트의 매입을 실패했다.

"소름 끼치네. 결국 시작된다는 뜻이잖아."

"아무래도 그런 것 같아. 주식시장에 들어가 있는 돈 전부 회수했지?"

"응, 남은 건 오일에 투자된 것뿐이야."

"오일 수익률은?"

"69%."

"그것도 빼자. 이제 때가 되었으니 우리도 만반의 준비를 해야 돼."

"휴우… 떨려. 정말 세상이 뒤집어지는 걸까?"

문현수가 손바닥에 땀이 났는지 무릎에 문지르며 묻자 이병웅의 표정이 슬쩍 변했다.

이놈은 그동안 수많은 정보를 분석하고도 확신을 갖지 못하는 것 같았다.

물론 이해는 된다.

지금까지 10년이 넘도록 세계경제는 활황을 이어 왔으니 멸망에 가까운 일이 발생한다는 분석 결과를 받아들이기 힘들었을 것이다.

"우리는 그동안 수많은 자료를 분석하고 최종 결론을 내렸다. 은행들이 빅쇼트를 판매하지 않는 것도 그중 하나야. 모든 지표가 그걸 가리키는데, 아무런 준비를 하지 않는 게 오히려 이상한 거 아냐?"

"그렇긴 한데… 실감이 안 나. 만약 그렇게 진행된다면 진짜 세계 전체가 위험해져? 서브프라임은 미국에 한정된 일이잖아."

"현재의 금융 시스템은 국경을 초월한 지 오래야. 세계 모든 은행들은 연동되어 있고, 기축 달러 보유국인 미국의 금융권은 세계를 지배하고 있어. 두고 봐. 미국에서 일이 터지면 세계 전체가 흔들린다. 그놈들이 판매한 서브프라임 채권과 합성 상품인 CDO 금액이 얼마나 되는지 추정조차 되지 않고 있어. 만약 부동산 관련 채권이 무너지면 BBB 이하 채권들도 거의 같은 시기에 무너질 거야."

"설마 채권시장 전체가?"

"파생 상품은 그 연동성이 지독할 정도지. 파생 상품이 무너지면 채권시장은 그냥 골로 간다."

"부동산 시장이 무너지면 사람들이 길거리에 내쫓기는 거잖아. 은행 놈들이 앉아서 손해 보지 않을 테니까?"

"당연하지. 은행은 무조건 경매로 넘길 거야. 은행에게 자비가 있다고 생각해? 그들은 거머리보다 더한 놈들이야."

"피바다가 되겠네."

"지금부터는 비상이다. 누나, 그리고 너희들. 정보가 생명이라는 거 잊지 마. 지금은 모든 시선을 미국에 맞춰야 해. 하나부터 열까지 미국에 관련된 것이라면 무조건 샅샅이 뒤져. 먼저 아는 놈이 이긴다."

"알았어. 그런데 병웅 씨, 촬영이 이틀 후부터는 시작된다고 하지 않았어? 이렇게 중요한 시기에 광고 촬영이라니 조금 그러네. 그거 미룰 수는 없어?"

"멀리 가지 않는 거니까 문제없어. 그리고 중요한 정보가 들어오면 바로 알려 줘. 때는 무르익었지만 아직 틈이 들려면 조금 시간이 걸릴 거야. 미국의 언론에서 전혀 노출시키지 않는다는 건 그쪽 금융권에서 막바지 자금 회수에 열을 올리고 있다는 뜻이잖아."

"휴우, 긴장된다."

정설아가 가볍게 숨을 몰아쉬자 이병웅이 빙긋 웃었다.

그들이 지니고 있는 자금의 규모는 1,200억 원.

대영증권에서 근무하며 수조 단위의 금액이 흘러 다니는 걸 봤지만, 그녀의 손에 의해 직접 투자가 결정되는 시간이 다가오자 긴장감이 몰려드는 것 같았다.

"누나, 우린 하던 대로 하면 돼. 이번에는 외국인과 기관들이 현물로 선물 옵션에서 장난치지 못할 거야. 만약 그랬다간 그놈들도 골로 갈 테니까. 내 말 무슨 뜻인지 알지?"

"알아, 그리고 걔들도 그렇게 하지 않아. 떨어지는 칼날을 맨손으로 막을 만큼 어리석은 자들이 아니거든."

"누군가는 힘들고 괴롭겠지만, 누군가에겐 화려한 불꽃놀이가 될 거야. 그리고 나는 그 불꽃놀이의 주인공이 우리가 되기를 원해. 그러니까 누나, 우리 최선을 다하자!"

*   *   *

사람이 아무것도 하지 않는다는 건 정말 어려운 일이다.

은퇴를 한 사람들이 쉽게 늙는다는 것도 아마, 공허함과 더 이상 사회에서 필요 없는 존재가 되었다는 자괴감에서 비롯된 것이 분명하다.

이병웅은 투자해서 번 돈으로 부모님께 집을 새로 사 드렸다.

새로 옮긴 집은 반포였는데, 구로보다 배는 비싼 집이었다.

그리고 상가를 하나 사서 커피와 간단한 식사를 할 수 있는 카페를 장만해, 아버지가 운영할 수 있도록 해 주었다.

'제우스'를 설립하고 회사를 차리는 과정에서 아버지는 사무실을 준비하느라 한동안 정신없이 움직였지만, 회사가 정상 궤도로 올라가자 집에서 쉬고 있는 상태였다.

뭔가에 집중한다는 건 삶의 활력이 된다.

그것도 열심히 노력해서 돈을 벌수 있다면 삶은 훨씬 건강해진다.

*　　　　*　　　　*

이병웅이 '창공'으로 향한 것은 광고 촬영이 본격적으로 진행되기 하루 전이었다.

미리 대본을 받아 보고 스케줄 확인차 들렀는데, 회사로 그가 간 것은 처음이었다.

회사로 들어서자 정문을 지키는 경비부터 사무실에서 근무하는 직원들까지 전부 동물원 원숭이 보듯 그를 신기하게 쳐다봤다.

신드롬을 만들고 있는 그의 얼굴을 이렇게 직접 볼 수 있다는 게 믿기지 않는 얼굴들이었다.

*　　　　*　　　　*

"병웅아, 궁금해서 묻는 건데 너 그때 왜 안 나갔냐?"

"언제요?"

"황수인 말이야."

대표실에 들어가자 차를 내온 김윤호가 은근한 목소리로 물어왔다.

그의 앞에는 서류가 잔뜩 쌓여 있었다.

그가 출연할 광고들의 콘티와 스케줄표였다.

그럼에도 그는 일 얘기는 젖혀 두고 다른 이야기를 꺼냈는데, 바로 황수인에 관한 것이었다.

"말해 봐. 황수인처럼 넘버원인 여자를 바람맞힌 이유가 뭐냐? 난 분명히 만남 장소로 나가는 게 좋겠다고 말했는데. 물론, 강요한 건 아니지만?"

"왜 그런 말씀을 했는지 충분히 압니다. 하지만 화면에 조금 더 나온다고 이득 될 게 전혀 없다는 판단이 들었어요. 어차피, 대중들은 우리가 만났어도 짜고 치는 고스톱이라 생각했을 테니까요."

"너 혹시 황수인이 나올 거라고 생각했니?"

"그렇습니다."

"어이구, 그랬는데도 안 나갔다고?"

"그게 더 낫다고 생각했어요. 제가 안 나감으로써 그녀도, 저도 더 큰 이득을 봤습니다. 사람들이 황수인 씨를 동정하는 댓글을 엄청나게 달더군요. 비련의 여인이라면서."

"너는 남자 아니냐. 황수인처럼 예쁜 애를 봐 놓고 전혀 마음에 동요가 없었어?"

"있었죠."

"그런데도 황수인이 나올 걸 알면서 안 나가. 너 혹시 고자냐?"

"흘러넘쳐서 걱정이에요. 하지만 상황을 무시할 만큼 함부로 쓰지 않습니다."

"무슨 뜻이야?"

"황수인 같은 여자와 엮이면 제 포지션이 훨씬 줄어들 수 있어요. 시너지 효과가 나타나는 게 아니라 오히려 저감될 뿐이죠."

이병웅이 담담하게 말하자 김윤호의 얼굴에서 기묘한 미소가 떠올랐다.

역시 똑똑한 놈이다.

한순간의 감정에 연연하지 않고 앞을 바라보는 머리가 오히려 자신보다 낫다.

지금 자신의 앞에 잔뜩 쌓여 있는 계약서들도 어쩌면 이병웅의 마지막 판단이 빛을 발했기 때문일 것이다.

한마디로, 이놈은 물건이다.

여자라는 동물 앞에서 차가운 이성을 지녔으니 엉뚱한 일로 스캔들을 일으킬 일은 없을 것 같았다.

그랬기에 그는 서류를 앞으로 꺼내 놓으며 광고 스케줄을 설명해 주기 시작했다.

"제일 먼저 찍는 건 자동차 광고야. 콘티는 거기 있으니까 잘 읽어 보고 준비해. 대사는 딱 한마디다. 외우고 자시고 할 것도 없어."

"쉽네요. 그런데 이런 간단한 콘티가 왜 3일이나 걸리는 거죠?"

"촬영은 네가 어떻게 하느냐에 따라 시간이 줄어들 수 있어. 하지만 무조건 3일은 잡아야 해. 장소를 여러 군데 옮기면서 촬영하기 때문이지. 너야 연기만 하면 되지만, 광고 회사는 워낙 촬영 기간이 짧아 죽을 맛일 거다."

"그렇군요."

"매니저는 저번처럼 용수를 써. 너보다 한 살 어리니까 편했지?"

"좋습니다. 애가 착해서 괜찮았어요."

"그럼 용수보고 내일 아침에 데리러 가라고 할게. 아 참, 너 집 옮겼다며?"

"부모님 집에서 나와 오피스텔 하나 얻었습니다. 여기 주소 있으니까 이쪽으로 오라고 해 주세요."

사실이다.

인기를 얻기 시작하자 기자들과 팬들 등쌀에 부모님은 노이로제에 걸릴 정도였다.

그랬기 때문에 아예 괜찮은 오피스텔을 얻어 독립을 했다.

하지만 김윤호는 그런 소식을 듣자 얼굴을 가볍게 찌푸렸다.

이사를 했다는 게 부모님과 함께 반포로 옮긴 걸로 알았기 때문이었다.

"그렇다면 혼자 산단 말이지?"

"예."

"휴우, 병웅아. 연예인에게는 숙명처럼 절제해야 되는 게 있다. 뭔 줄 알아?"

"그게 뭐죠?"

"절대 집 안에 여자를 데리고 오면 안 된다는 거다. 특히, 너는 요즘 신드롬을 일으킬 정도로 인기를 얻었기 때문에 기자들이 언제나 지켜보고 있을 거야. 걸리면 죽어. 무슨 말인지 알지?"

"압니다."

"그러니까, 정 여자와 자고 싶으면 다른 곳을 이용해. 원래 그런 건 집에서 하는 거 아니다."

무슨 뜻인지 안다.

하지만 이병웅은 그의 말을 들은 후 그저 웃음만 지었을 뿐이다.

*　　　　*　　　　*

다음 날이 되자 매니저 최용수가 코디 이나영과 함께 도착했다.

이나영은 '창공'이 보유한 코디 중에서 가장 고참으로, 나이가 35살이었다.

이태리 유학파라고 했던가.

어쨌든 김윤호가 그녀를 이병웅의 전담 코디로 지정해 준 건 그만큼 신경 쓰고 있다는 뜻이다.

그녀는 코디 세계에서 가장 실력파로 알려진 베테랑이었다.

*　　　　*　　　　*

압구정동에 있는 '창공' 전용 헤어숍에서 머리를 만진 후 밴을 타고 테헤란로에 있는 거대한 빌딩에 도착하자 이미 광고 촬영 팀이 전부 자리를 잡고 있는 게 보였다.

오늘 촬영은 젊은 CEO가 정열적으로 일하는 모습과 임원진의 배웅을 받으며 현관에서 차를 타는 장면이었다.

콘티만 보면 전혀 어려울 게 없는 촬영이다.

검은색 양복에 하얀 와이셔츠, 그리고 진주빛 넥타이.

부의 상징을 나타내는 소매끝 장식과 다이아몬드가 달린 넥타이핀까지.

옅은 화장까지 끝내고 나온 그의 모습은 영락없는 재벌가 2세로 보였다.

그것도 압도적인 귀족스러움과 탄성이 저절로 나올 정도의 외모까지 갖췄으니 스태프들의 입에서 감탄이 새어 나왔다.

*　　　　*　　　　*

"씨발, 정말 잘생겼네. 거기에 다른 놈들한테는 없는 노블레스가 있어."

"저놈한테 10억을 줬다면서?"

"그래."

"데뷔한 지 얼마 안 된 놈한테 10억이라니 기가 막히는군. 더군다나 저놈은 정체성도 불분명하잖아. 가수도 아니고 연기자라 보기도 어렵고?"

"그건 우리 광고주한테 물어봐라. 우리 사장이 안 된다고 방방 떴는데 광고주가 반드시 잡아야 한다면서 개런티를 올려 줬다더라. 우리야, 돈만 맞춰 주면 못 할 게 없잖아."

이번 촬영을 맡은 광고 회사 '보헤미안'의 총무실장 유춘만이 중얼거리자 감독인 배성현이 고개를 끄덕거렸다.

10m 가까이 떨어져 있어도 이병웅의 몸에서는 후광이 비추는 것 같았다.

둘은 대학 동창이라 가끔가다 술을 기울이는 사이였는데, 유춘만이 촬영 장소에 따라 나온 건 사장이 나가 보라며 성화를 부렸기 때문이었다.

사장은 이병웅의 첫 광고 촬영에 지대한 관심을 보였는데, 조금이라도 문제가 생기면 즉시 연락하라며 입에 거품을 물었다.

"화면발 하나는 끝내주겠어. 저놈 여자들한테 인기가 엄청나다며?"

"그러니까 광고에 쓰는 거지."

"여자한테 인기가 있는데, 왜 고급 자동차 광고에 쓰냐. 화장품 같은 거에 쓰지 않고?"

"이 자식아, 남자들의 로망이 뭐냐. 여자들한테 관심을 받는 거잖아. 우리 광고 콘셉트가 바로 그거야. 저놈을 통해서 우리 자동차를 타면 모든 여자들한테 관심을 받을 수 있다고 우기는 거지."

"웃기시네. 나야 찍으라니까 찍지만, 아무래도 그건 아닌 것 같다."

"크크… 네가 뭘 알겠니. 언제 여자들한테 관심을 받은 적이 있어야 말이지."

"미친놈, 이제 꺼져. 난 촬영해야 되니까. 어디 얼마나 대단한 놈이지 보러 가자. 그 유명한 놈을 부려 먹는다고 생각하니까 가슴이 다 설레네."

"조심해서 다뤄, 비싼 놈이야."

"꺼지라니까!"

*   *   *

이병웅은 평소 '제우스'에서 하던 것처럼 능숙하게 회의 장면을 촬영한 후, 팔짱을 낀 채 서서 창밖을 바라보는 신으로 들어갔다.

고층 빌딩의 거대한 유리창을 통해 세상을 내려다보는 장면이었다.

감독이 주문하는 대로 창가에 선 채 멀리 보이는 한강과 서울 도심을 바라보았다.

뷰가 정말 끝내줬다.

서울 도심과 한강의 절묘한 조화.

세상이 모두 자신의 발아래 있는 것처럼 느껴질 정도로 확 트인 전망을 바라보며 이병웅은 곧 벌어질 미국의 참사를 생각했다.

정설아와 틈이 날 때마다 향후에 벌어질 일들에 대해서 토의하고 대책을 세워가며 '제우스'의 전략을 수립했다.

일이 터진다면 상상조차 하지 못할 정도의 붕괴가 일어날 것 같았다.

금융 시스템이 위험해지는 상황.

인류 역사상 그런 일이 벌어진 적은 몇 차례 있었고, 사람들은 그걸 보고 대공황이라 불렀다.

경제학도로서 각국 정부와 중앙은행의 입장이 되어 해결책을 생각해 봤지만, 아무리 생각해도 답이 나오지 않은 상황이었다.

전통적 경제 회복 수단인 금리 인하를 한다고 해서 막을 수 있는 상황으로 보이지 않았다.

유동성은 급격하게 말라 버릴 것이고, 사회는 강력한 디플레이션에 시달리게 될 것이다.

기업들과 은행들의 시체가 사방 천지에 널릴 게 분명했다.

주식시장은 붕괴가 되겠지.

과연 얼마까지 갈까?

과거 닷컴버블 주가는 50%가 폭락했다.

이번에는 정부와 중앙은행이 막지 못할 경우 그 이상, 아니, 어쩌면 금융 시스템 전체가 무너질지 모른다.

                    *   *   *

촬영감독 배성현은 오전에 찍은 영상을 보면서 만족스러운 웃음을 흘려 냈다.

더없이 괜찮은 영상.

그것도 단 3번의 NG 만에 찍은 것이라 시간이 별로 걸리지 않았다.

NG가 나온 것도 이병웅 때문이 아니라, 스태프들의 실수로 인한 것이었다.

이병웅은 자신이 주문한 것 이상의 표정 연기를 했기 때문에 단 한 번의 지적도 하지 않았다.

막상 화면으로 보자 이병웅의 귀족스러움은 훨씬 부각되었다.

물론 배경으로 잡힌 연기자들이 뒷받침해 줬고, 거대한 빌딩과 압도적인 뷰가 따라붙은 것도 있었지만, 이병웅의 눈빛 연기는 그야말로 압권 그 자체였다.

부드러움 속에 담겨 있는 카리스마.

그는 광고의 콘셉트인 재벌 2세의 연기를 완벽하게 펼쳤기 때문에 촬영 시간은 다른 광고 때보다 반 이상으로 줄었다.

처음 나타났을 때부터 공손히 인사해서 호감을 얻었던 이병웅은 시간이 갈수록 스태프들의 칭찬을 받았다.

일을 해 본 사람들은 안다.

같은 일을 하더라도 계속 NG가 난다면, 실무를 맡은 스태프들은 똑같은 일을 반복하며 죽을 똥을 쌀 수밖에 없다.

그래서 광고판에 종사하는 사람들은 베테랑 영화배우를 선호했다.

아이돌 가수나 스포츠 스타들을 섭외했을 경우 수많은 NG가 발생하기 때문에 제대로 밥조차 못 먹을 정도로 정신없이 움직여야 하기 때문이다.

*   *   *

이번 새롭게 선보이는 자동차의 이름은 '포세이돈'이었다.

최소 배기량 3,500cc부터 5,000cc까지 생산되는 고급 세단으로, 정문차가 야심차게 준비한 비밀 무기였다.

두 번째 날 촬영은 차를 몰고 고속도로를 주행하는 장면이었다.

단순한 장면이었으나 촬영은 무척 어려웠다.

그 단순한 장면을 찍기 위해 스태프들은 미리 준비해 온 레일을 깔고 이동 카메라를 설치하느라 반나절을 소모했기 때문에 촬영은 오후 3시가 되어서야 시작되었다.

김윤호의 말이 맞았다.

촬영은 기다림과의 싸움이라더니 하루 종일 기다리고 또 기다렸다.

다른 연예인들은 그 기다림에 지쳐 짜증을 내는 경우가 많았지만, 이병웅은 촬영이 끝날 때까지 밴에 앉아 '제우스'에서 보내온 정보들을 꼼꼼히 확인했다.

홍철욱과 문현수가 보내오는 정보는 대부분 미국 부동산에 관한 것이었고, 정설아가 보내오는 건 세계경제의 흐름과 원자재, 금과 은 등의 귀금속, 오일 등의 가격 변동과 정치 변화에 관한 것이었다.

그리고 이병웅이 가장 중요하게 여기는 것 중의 하나인 신기술 분야도 포함된다.

이왕 투자가로 세상에 발을 들여놓은 이상 금융시장에만 머물 생각은 추호도 없었다.

세상은 넓고 할 일은 많다.

투자가로서 돈을 벌기 위해서는 분야에 제한을 둔다는 건 족쇄나 다름없다.

누군가는 그러더군.

머리로 돈을 버는 사람이 가장 현명한 사람이니까 세상을 지배하는 금융만 휘어잡아도 충분할 거라며 웃었어.

그가 예를 든 사람이 워렌 버핏이었지.

하지만 그거 알아?

워렌 버핏은 절대 세계 제1의 부호가 될 수 없어.

금융의 기본은 실물경제고, 실물경제를 장악하지 못하는 자는 세계를 지배할 수 없거든.

역시 광고에 여자가 빠질 수 없지.

마지막 장면은 이병웅이 차에서 내릴 때 그의 모습을 지켜보며 감탄하는 여자 연기자의 모습이었다.

그런 후 마지막 컷.

이병웅이 회사로 다시 들어가며 카메라를 향해 던지는 한마디.

'남자의 자존심, 그리고 명예. 포세이돈이 함께합니다.'

총감독 배성현은 차에 손을 얹은 후 마지막 대사가 이병웅의 입에서 나오는 순간 단 한 번의 망설임도 없이 오케이 사인을 냈다.

더 찍어 봐야 이번 장면 이상이 나올 수 없다는 판단이었다.

3번이나 촬영한 것도 만약의 사태를 대비하기 위함이었지, 그림이 잘못 나와서 그런 게 아니었다.

저놈 정말 물건이다.

다른 어떤 것보다 이병웅이 돋보이는 건 눈빛 연기였다.

광고를 찍으며 수많은 가수들과 배우들을 만났지만, 이병웅의 눈빛 연기와 비견되는 연기자는 한 놈도 보지 못했다.

자신은 광고 감독이었으니 눈빛 연기라 표현했지만, 이병웅의 눈에서 흘러나오는 시선에는 뭔가 표현할 수 없는 특별함이 담겨 있었다.

사람을 끌어당기는 마력?

단순히 매력이라 표현하기엔 부족한 카리스마.

시선에는 수많은 감정들이 담기는데, 이병웅은 그런 시선들을 자유자재로 조절할 줄 아는 능력이 있었다.

만약 자신이 영화감독이었다면 무조건 섭외하고 싶을 정도로.

모든 촬영이 끝나자 스태프들이 환호성을 지르며 기뻐하는 게 보였다.

이렇게 짧은 시간 안에 모든 일정이 마무리된 건 드문 일이었기 때문이었다.

배성현은 괄괄한 성격을 가졌지만, 그에 못지않은 열정과 세밀함을 지닌 감독이었기에 촬영이 시작되면 스태프들 전부가 반쯤 죽어나갈 정도로 혹독한 사람이 되는 경향이 있다.

"수고했습니다."

"감독님도 수고하셨어요."

"우리야, 병웅 씨가 워낙 잘해 줘서……. 어때요, 촬영 끝난 기념으로 한잔할까 하는데, 괜찮겠어요?"

"그럼요. 3일이나 같이 고생했는데 감독님께 술 한잔 따라 드려야죠."

　　　　　*　　　　　　*　　　　　　*

　광고 스태프들의 숫자는 30여 명에 달했지만, 술잔을 건네 온 사람들은 없었다.

　왜?

　그게 광고판의 룰이란다.

　주연 배우에게 다가가 술잔을 건네는 것 자체가 금기시되어 있기 때문에 스태프들은 자신들의 자리에서 식사가 끝날 때까지 일어서지 않았다.

　같은 테이블에 앉은 사람은 배성현과 촬영이 끝났다는 소식을 듣고 달려온 광고 회사 총무실장 유춘만, 그리고 마지막에 출연했던 여자 연기자 이서현이었다.

　이서현은 촉망받는 모델이라고 했는데, 나이가 이제 겨우 23살이었다.

　다른 스태프들은 움직이지 않았지만 이병웅이 앉은 자리에서는 술잔이 계속 돌았기에 한 시간정도 지나자 분위기가 풀어질 대로 풀어졌다.

　특히, 유춘만은 기분이 좋았는지, 아니면 술이 약해서인지 슬슬 말을 놓기 시작했다.

　"머리도 좋아, 공부도 잘해서 S대 다녀, 얼굴 잘생겼어, 불량배들을 팡팡 때려눕힐 정도로 싸움도 잘해, 기타도 잘 치고 노래도 기가 막혀. 병웅 씨, 도대체 못하는 게 뭐야?"

　"연애는 잘 못합니다."

　"푸하하… 그 거짓말 진짜야?"

"그럼요, 저는 지금 이날까지 여자를 사귀어 본 적이 없어요."

"환장하겠네. 그럼 여자와 한 번도 안 해 봤어?"

"유 실장, 왜 그래. 자네 술 취했어?"

말도 안 되는 질문에 배성현이 인상을 찌푸리며 말렸다.

하여간, 이 자식은 술만 마시면 주사가 있어 꼭 사고를 친다.

그때, 새로운 페이스가 나타나며 상황을 더욱 악화시켰다.

그동안 슬금슬금 이병웅에게 시선을 던지고 있던 이서현의 입이 거침없이 열렸던 것이다.

그녀는 지금까지 어린 나이답지 않게 대화에 끼어들며 분위기를 업시켰는데, 상당한 끼를 보여 주었다.

"저도 궁금해요. 오빠, 정말 여자와 한 번도 자 보지 못했어요?"

"여자를 사귀어 보지 못했는데 여자랑 잘 수 있었겠어요?"

"우와……."

이서현의 입이 떡 벌어졌다.

막상 이판사판 술 마신 김에 물어본 건데, 이병웅이 자신의 얼굴을 빤히 바라보며 웃자 콧구멍이 벌렁거렸다.

요즘 모든 여자들의 워너비인 이병웅.

그녀가 이병웅이 출연하는 광고에 나간다는 걸 안 동료 모델들과 친구들은 난리 법석을 피우며 부러워했다.

처음에는 너무나 가슴이 뛰어 제대로 말도 못 붙였지만, 술이 들어가면서 평소의 그녀로 돌아갔다.

그녀는 쾌활한 성격을 지녔고 자유분방해서 사람을 대하는 데 거리낌이 없는 여자였다.

이병웅을 촬영장에서 처음 봤을 때 눈이 부신다는 생각이 들었다.

모델 쪽에도 잘생긴 사람들은 많았지만, 그와 눈이 부딪친 순간 가슴이 덜덜 떨려 제대로 서 있기도 힘들었다.

정말 특이한 눈을 가진 남자다.

그저 시선이 부딪쳤을 뿐인데도 영혼이 전부 빨려 나가는 것처럼 움직일 수 없었다.

*   *   *

이병웅은 멀어져 가는 배성현과 유춘만을 배웅한 후 천천히 핸드폰을 들었다.

매니저인 최용수에게 차를 가져오라는 말을 전하기 위함이었다.

벌써 10시 반.

지금쯤 최용수는 근처 주차장에서 코를 골며 잠이 들었거나 핸드폰을 만지작거리며 시간을 보내고 있을 것이다.

그때 간 줄 알았던 이서현이 나타나 그의 어깨를 툭 쳤다.

"오빠, 지금 들어가실 거예요?"

"아직 안 갔어?"

"볼일이 남아서."

"이 시간에 무슨 볼일이 있어?"

"오빠한테 볼일이 있거든요."

"나한테?"

"아까 오빠가 그랬잖아요. 여자와 한 번도 자 본 적이 없다고. 그래서 내가 그거 해 주려고요."

미치겠네.

자신을 빤히 바라보며 말하는 그녀의 입술이 살짝 열려 있었다.

이 말을 하기 위해 그녀는 얼마나 많은 고민과 상상을 했을까.

"날 처음 봤으면서 왜 그런 생각을 했지?"

"오빤 멋있으니까."

"아까 했던 말 거짓말이었어. 설마 그 말을 믿은 거야?"

"에… 아뇨. 당연히 아니겠죠."

"그런데 왜 그런 생각을 했어?"

"오빠와 자고 싶었어요. 이렇게 바보처럼 굴 정도로."

"남자 친구 없어?"

"있어요. 하지만 상관 안 해요. 지금 이 순간이 더 중요하거든요."

간절한 눈빛.

미쳤다고 생각하지 않았다.

남자 친구가 있다는 걸 솔직하게 말할 정도로 자유분방한 여자일 뿐.

그렇기에 이병웅의 얼굴에서 쓴웃음이 떠올랐다.

그러지, 뭐.

주겠다는 여자는 마다하지 않고 죄의식 역시 느끼지 않는다.

나 역시, 너 못지않게 자유로운 영혼을 가진 남자니까.

광고 회사 '보헤미안'은 비상이 걸린 상태였다.

그들의 광고주 정문자동차 쪽에서 촬영이 끝나자마자 최단 시간 안에 시사회를 해 달라고 매일 독촉을 해 왔기 때문이었다.

사장이 직접 나서 배성현을 닦달했고, 유춘만은 아예 편집실에서 살다시피 했다.

이것들이 진짜.

촬영이 끝났어도 편집 과정은 최소 1주일 이상 소요된다.

편집 과정은 촬영된 장면들을 교묘하게 이어 붙여 최상의 그림을 만들어야 하고, 배경음악 삽입과 홍보 문안까지 작업할 게 한두 가지가 아니었다.

그럼에도 배성현은 사장이 정해 놓은 시간을 맞추기 위해 날밤을 까야 했다.

남의 돈을 받아먹는 직장인으로서 회사가 어려움에 처했다면 그만큼 일을 해 주는 건 당연한 일이다.

'보헤미안' 사장 윤철욱이 사옥을 나선 건 오후 2시 무렵이었다.

정문자동차 본사가 있는 종로까지 길어야 30분밖에 걸리지 않지만, 그는 배성현과 유춘만을 대동하고 급히 발걸음을 옮겼다.

시사회는 오후 4시.

미리 가서 세팅 작업을 완벽하게 마무리 하고 공손하게 슈퍼갑인 정문자동차 사장과 임원진을 맞이하는 게 예의다.

만약 시사회에서 광고주가 고개를 흔든다면?

그거야, 완전 쪼다 되는 거지.

돈은 돈대로 깨지고, '보헤미안'의 신용은 박살이 날 것이다.

그런다고 항의나 할 수 있겠어.

슈퍼 갑이 마음에 들지 않는다는데 거기서 거품을 물었다가는 회사 문을 닫아야 한다.

이윽고 시간이 되자 정문자동차의 사장과 임원진들이 자리를 채우기 시작했다.

무거운 분위기.

정문자동차는 이번 신차 '포세이돈'의 개발을 위해 3,000억을 투자했다고 알려져 있었는데, 시장의 판도를 바꾸기 위해 전사적인 총력을 기울이는 중이었다.

따라서, 조금이라도 광고가 마음에 들지 않는다면 바꿀 가능성이 컸다.

윤철욱이 브리핑 자리에 직접 섰다.

다른 광고에선 대부분 기획실장이 브리핑을 했지만, 정문자동차의 광고 비용은 대단했기에 지금까지 자동차 광고의 최종 브리핑은 그가 해 왔다.

"안녕하십니까. 영광스럽게 이번에도 정문자동차의 광고를 맡게 된 '보헤미안'의 대표 윤철욱입니다. 먼저 저희가 만든 광고를 시청하시겠습니다."

길지도 않다.

광고의 생명은 시간이 아니라 얼마나 짧은 시간 안에 효과적으로 상품을 소개하는 것이냐에 달려 있다.

윤철욱은 긴장된 눈으로 정문자동차의 사장을 바라보았다.

여기서 운명이 결정된다.

물론 그로서도 다른 임원들의 의견을 묻겠지만, 제일 중요한 건 의사 결정권을 가지고 있는 그의 결단이다.

침묵.

광고가 끝났음에도 정문자동차의 사장과 임원들의 침묵이 이어졌다.

그랬기에 윤철욱은 긴장감을 풀지 않고 자신이 준비한 프레젠테이션을 가동시키며 광고의 콘셉트를 설명하기 시작했다.

자, 이제 운명의 시간이다.

모든 것이 끝났으니 이제 남은 건 정문자동차 측의 결정뿐이다.

윤철욱이 모든 프레젠테이션을 끝내고 조용히 서서 처분을 기다리자, 그동안 침묵을 지키고 있던 정문자동차 사장 유원준의 입이 처음으로 열렸다.

"좋군, 그대로 내보냅시다."

그의 음성을 들은 윤철욱의 표정이 어리둥절하게 변했다.

그가 결정권을 가졌다 해도 지금까지 이런 일은 한 번도 없었기 때문이었다.

아니, 모든 광고 시사회가 마찬가지였다.

형식적이라 해도 오너는 임원진들의 의견을 듣고 수정 사항을 지시하는 게 일반적인 관행이었던 것이다.

하지만 정문자동차 사장 유원준의 시선은 임원진에게 향하지 않았다.

단지, 광고 마지막에 떠 있는 마지막 장면.

이병웅이 차에 손을 올린 채 웃고 있는 그 장면에 고정되어
있었다.

*　　　　　*　　　　　*

뉴욕 맨해튼.

월스트리트에 자리 잡은 거대 빌딩 JP모건의 본사로 사람들이
들어오기 시작한 것은 오전 10시가 조금 지났을 때였다.

자회사인 모건스탠리의 리카르도 회장부터 JP모건의 부문별
최고경영자들이 속속들이 현관을 통해 대회실로 모여들었다.

그야말로 미국 금융권을 휘두르는 막강 파워의 소유자들이었
다.

미국을 장악했다는 건 곧 세계를 장악한 것이나 다름없다.

미국이 곧 세계 금융의 중심이었고, 그들의 힘은 세계 어느 곳
에서나 막강한 영향력을 행사하기 때문이다.

세계 최대의 투자은행 JP모건.

그들은 미국의 역사와 함께해 온 금융의 산 증인이자 미국 경
제의 심장이었다.

1910년대에 벌어진 1차 대공황, 1930년의 2차 대공황까지.

그들이 없었다면 지금의 미국은 글로벌 톱의 위치를 차지하지
못했을 것이다.

그 당시 그들은 은행의 파산과 기업들의 도산을 자신들이 지
닌 자금으로 전부 틀어막는 저력을 보여 주었다.

지금의 말도 안 되는 연준 체제가 마련된 것도 미국 정부에서 그들의 노고를 치하하기 위해 법으로 제정했기 때문이었다.

FED, 즉 미국의 연방 준비 위원회가 정부 기관이 아니라 사기업이란 걸 아는 사람은 별로 없다.

다른 나라의 중앙은행은 전부 국가기관이었지만, 미 연준은 JP모건과 거대 은행이 주주 형식으로 만든 사기업이었다.

모든 사람들이 착석한 후 한참이 지나자 다이몬 회장이 비서실장의 호위를 받으며 회의실로 들어섰다.

숨소리 하나 들리지 않는 적막.

다이몬 회장의 압도감은 좌중을 숨소리 하나 내지 못하도록 엄청났는데, 가면을 쓴 자들과 대화하던 그 사람이 맞는지 의심스러울 정도였다.

"오느라 수고 많았습니다. 그럼 지금부터 오늘 회의 소집을 한 이유에 대해서 말해 주겠소."

다이몬 회장의 음성이 조용히 깔리며 새어 나오자 좌중에 있던 사람들의 표정이 한층 더 굳어졌다.

"다음 주, 월요일. 그러니까 지금부터 3일 후. 트로이의 목마 프로젝트 1단계를 시작합니다."

기어코, 다이몬 회장의 입에서 오늘 회의에 대한 이유가 나오자 참석자들의 입에서 긴 신음 소리가 새어 나왔다.

드디어 시작이다.

세상을 파괴시키고 새로운 세계를 건설하는 거대한 프로젝트가 엔진을 가동시키기 시작한 것이다.

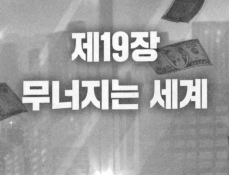

제19장
무너지는 세계

　정문자동차는 새롭게 출시된 신차 '포세이돈' 광고를 골든타임에 무차별적으로 터뜨렸다.

　방송국의 광고 단가는 어떤 시간에 내보내느냐에 따라 천차만별로 차이가 있다.

　심야에 내보내는 광고는 골든타임 때에 비해 반값도 되지 않을 정도였지만, 정문자동차 측은 오직 골든타임에 광고를 집중했다.

　더불어, 광화문 사거리를 비롯해 서울 시내와 대도심 곳곳의 야외 광고판과 웬만한 잡지 표지를 전부 '포세이돈'으로 도배했다.

　아주 작정을 한 베팅이었다.

　포세이돈 광고를 찍을 때부터 정문자동차의 신차는 주목을 받았다.

　매끈하게 빠진 외관, 그리고 성능.

새롭게 디자인된 신차의 디자인은 기존 세단의 이미지를 탈피해서 세련되고 중후한 외관을 자랑했다. 하지만 더욱 주목을 받은 건 광고에 이병웅이 출연한다는 것이었다.

신드롬을 일으키고 있는 이병웅의 출연은 전 언론의 주목을 받았는데, 방송국 연예가 소식에 단골 메뉴로 등장할 정도였다.

*　　　*　　　*

"차 멋있네. 잘빠졌어."

"애가 잘빠진 건 아니고?"

"호호, 둘 다 잘빠졌네. 솔직히 말하면 이병웅이 훨씬 낫긴 해."

국내 최대 디자인 회사 '조화'에 다니는 김정혜와 이연숙이 커피를 마시며 광고 잡지에 실린 화보에 대한 논평을 하고 있었다.

여자들은 회사건 사회건 반드시 무리를 지어 다니는 특성이 있다.

그리고 만나면 수다가 장난 아니다.

"방송 광고가 훨씬 멋있어. 애는 모델 해도 괜찮았을 것 같아."

"모델보다 영화배우가 훨씬 잘 어울릴 거야. 눈빛 봐 봐. 그냥 호수 같지 않아?"

"그 호수에 풍덩 빠지고 싶은 거지?"

"호호… 그러면 좋고. 그런데 빠질 방법이 없네."

"뭔가 특별해. 부드럽고, 어떨 때는 야성미도 흘러나오는 것처럼 보이고, 가끔 가다 섹시하기도 해."

"그러니까 광고에 출연하잖아. 10억이나 받았다지?"

"10억, 부르기 좋네. 9억이었으면 안타까울 뻔했어. 우리 병웅이는 그 정도쯤 받는 건 당연해."

"10억이면 내 15년 치 연봉이야. 우 씨, 누군 광고 하나 찍어서 떼부자 되는데, 우리는 뭐니?"

"맛있는 떡을 구경하는 선녀들이지."

"그 표현 좋네. 조금 못생긴 선녀들이긴 하지만."

"이번에 아빠가 차 바꾸고 싶어 하시던데 '포세이돈' 사라고 적극 추천 해야겠다."

"왜?"

"차 볼 때마다 병웅이 생각나잖아. 삶의 활력소. 꿈속에 나오는 왕자님. 가끔가다 난 개랑 꿈에도 뽀뽀도 해."

"사실대로 말해. 수위가 그것보다 더 높은 거 아냐?"

"에이, 그걸 어떻게 내 입으로 말해. 들어가자. 팀장님 또 째려 보겠다."

*   *   *

이병웅은 남성 화장품 광고를 찍기 위해 스튜디오로 향했다.

이번 촬영은 자동차 광고보다 더 쉽다.

화장품 광고 역시 '보헤미안'에서 맡았는데, 자동차 광고와 세트로 계약했기 때문에 거의 같은 시기에 촬영되었다.

이번 화장품 광고의 콘셉트는 이병웅의 매력을 한껏 발산시키는 것이었기에 상체를 탈의한 장면까지 나온다.

체육관에서 섀도복싱으로 땀을 잔뜩 흘리는 장면이 시작이고, 샤워을 하고 나온 후 상체를 탈의한 상태에서 화장품을 얼굴에 바르는 컷이 끝이다.

간단하다. 하지만 실제로는 그렇게 간단한 광고도 아니었다.

광고 감독의 입장에서는 섀도복싱을 완벽하게 촬영해야 되었으니 전담 복싱 코치에게 이병웅의 자세부터 교정시켜야 했고, 체육관의 분위기를 그대로 연출하기 위해 정교한 장치가 필요했다.

"복싱의 기본은 스탠스입니다. 발은 어깨 넓이로 벌리고, 왼발은 앞에 축이 되는 오른발은 뒤쪽에 놓는 겁니다. 제가 먼저 시범을 보일 테니 따라 해 보세요."

성현 복싱 클럽의 수석 코치 이정도가 마치 유치원생을 가르치는 것처럼 천천히 기본 동작을 보여 주었다.

그 모습을 보면서 이병웅이 그대로 따라했다.

쉽다, 그리고 이런 건 자신의 몸속에 들어 있는 것과 근본적인 패턴이 비슷했다.

"상당히 자세가 좋네요. 혹시 권투를 배워 본 적 있습니까?"

"아뇨, 없습니다."

"이번에는 펀치의 기본 동작입니다. 오늘은 섀도복싱하고 샌드백 두들기는 것만 촬영한다니까 펀치와 스텝만 간단하게 익히는 것으로 하죠."

"알겠습니다."

"우리 몸에는 두 개의 주먹이 있습니다. 복싱은 이 두 개의 주먹을 사용해서 상대를 가격하는 운동입니다. 하지만 더 중요한 건 스텝이죠. 스텝이 원활하게 따라 주지 않으면 펀치는 힘을 잃기 때문입니다. 펀치는 각도에 따라 구분되는데 대표적인 건 스트레이트와 훅이 있습니다. 오늘 이병웅 씨는 이 두 가지만 배우시면 됩니다. 그리고 스텝, 스텝은 전진 스텝과 사이드스텝, 백스텝으로 구성됩니다. 스텝을 익히는 데 가장 중요한 것은 템포죠. 마치 춤추는 것처럼 부드럽게, 무슨 의미인지 아시죠?"

"대충 이해가 됩니다."

"그럼, 이번에도 제가 먼저 시범을 보여 드리며 설명드리겠습니다."

*　　　　　*　　　　　*

이번 광고 촬영의 감독은 '보헤미안'의 쌍두마차 엄정환이었다.

그는 배성현과 더불어 '보헤미안'이 아끼는 감독이었는데, 화면 전반을 신비함과 강력한 임팩트로 구성하는 탁월한 능력을 지닌 사람이었다.

그 역시 배성현 못지않게 완벽주의자였다.

하긴, 그런 완벽주의가 아니었다면 인정받는 감독으로 살아남을 수 없겠지.

광고판은 철저하게 능력 위주다.

능력이 없으면 곧바로 도태되는 게 광고판이었으니, 그런 세계에서 특별하게 인정받는다는 건 그만큼 그의 능력이 탁월하다는 뜻이었다.

엄정환은 이정도에게 복싱을 배우고 있는 이병웅을 잠깐 바라보다가 옆에 있던 촬영감독에게 슬쩍 눈을 돌렸다.

"얼마나 걸릴까?"

"최소 2시간은 잡아야 괜찮은 그림이 나올 겁니다. 저도 어렸을 때 복싱을 배운 적이 있는데, 처음 배우는 놈들은 주먹을 제대로 뻗는 것도 힘들어요."

"따분하게 기다려야겠네. 애들은 촬영 준비 끝냈지?"

"카메라 레일은 전부 설치했으니 여기선 이제 준비할 게 없습니다. 남은 건 저놈만 잘해 주는 거죠."

"그럼 쉬라고 해. 자넨 나와 커피나 한잔 마시러 가지고. 오다 보니 괜찮은 커피점이 있더구먼."

"감독님이 쏘시는 겁니까?"

"언제 자네가 쏜 적 있어?"

"하하… 감독님은 돈 많이 벌지만 제 월급은 쥐꼬리만 하거든요."

"알았으니까, 빨리 전하고 와."

커피를 마시러 가자고 한 건 말대로 심심해서 그런 게 아니다.

광고의 생명은 촬영이고 그 촬영을 책임지고 있는 사람이 바로 촬영감독 유병호였다.

엄정환은 커피를 마시며 상세하게 콘셉트마다 넣어야 하는 특수 효과와 살아 숨 쉬는 화면을 주문하며 자신의 의도를 귀가 아프게 주문했다.

유병호의 입장에서는 아주 죽을 맛이었을 것이다.

그렇게 1시간이 지나고 다시 체육관에 돌아왔을 때 스태프들이 전부 한쪽에 모여 웅성거리는 게 보였다.

"뭐야, 쟤들."

"이병웅 연습하는 거 구경하는 거겠죠. 그런데 이건 무슨 소리야?"

두 사람이 스태프들을 향해 다가갈수록 소리가 커졌다.

팡, 파바방, 팡… 팡.

가죽 북이 찢어지는 소리.

급하게 두 사람이 샌드백 쪽으로 다가서자 이병웅이 거칠게 움직이고 있는 모습이 보였다. 그리고 연신 흔들리는 샌드백.

소리는 바로 이병웅의 펀치로 인해 샌드백에서 나오는 것이었다.

"뭐야, 저거."

"환장하겠네요. 저놈 저거. 복싱 안 했다는 말 거짓이었던 거 같아요."

"저 정도면 잘하는 거야?"

"소리 안 들리세요? 제가 권투를 잘하진 못하지만 권투를 밥 먹는 것보다 좋아해서 웬만한 타이틀전은 전부 찾아봐요. 저 정도면 아마추어급이 아닙니다. 펀치의 각도가 면도날 같잖아요."

유병호의 설명을 들으며 눈을 돌리자 샌드백 옆에선 채 심각한 표정을 짓고 있는 복싱 코치 이정도의 모습이 들어왔다.

자신이 봐도 이병웅의 펀치와 스텝은 장난이 아니었다.

그럼에도 걸음을 옮겨 이정도 쪽으로 움직였다.

유병호의 말을 못 믿는 건 아니지만, 복싱 코치인 이병도의 의견을 들어 볼 필요가 있었다.

"코치님, 쟤 어떻습니까?"

"저도 예전에 '정의가 간다'에서 이병웅 씨가 싸우는 것을 본 적이 있습니다. 그때도 이상하단 생각을 했어요. 절대 일반인들의 싸움이 아니었거든요."

"왜 그런 생각을 하셨죠?"

"근본적으로 격투를 익힌 자들은 엉덩이가 뒤로 빠지지 않습니다. 그 말은 얼굴이 상대를 향해 약간 앞으로 나온다는 걸 의미하죠. 그런 자세를 지닌 자들과는 가급적 싸우지 말아야 합니다. 격투기를 익혔거나 싸움에 특화된 자들이니까요."

"이병웅이 그렇다는 뜻인가요?"

"그렇습니다."

"지금 이병웅의 권투 실력은 어떤 겁니까. 저 정도면 사람들이 봤을 때 초보라고 생각하지 않을까요?"

"초보라뇨. 저 정도면 프로 선수나 가능한 움직임입니다. 이병웅 씨의 펀치 감각은 그야말로 압권이에요. 왜 숨겼는지 모르지만, 저 친구는 권투를 오랫동안 해 왔을 겁니다. 그렇지 않다면 저런 펀치를 구사할 수 없어요."

"그럼 촬영을 시작해도 될까요?"

그걸 질문이냐는 표정으로 이정도가 돌아서자 엄정환의 얼굴에서 화색이 돌았다.

이번 촬영의 콘셉트를 받으며 가장 우려했던 부분이 단박에 사라지자 속이 후련해지는 기분이었다.

사실, 이번 촬영은 이병웅이 어떻게 해 주느냐에 달려 있었다.

다른 놈 같았다면 미리 복싱 훈련을 시키고 완벽하게 준비한 상태에서 했겠지만, 사장은 시간이 없다며 길길이 날뛰었기 때문에 준비조차 못 하고 촬영을 시작할 수밖에 없었다.

더군다나 이병웅이 누구란 말인가.

최근 들어 대한민국에서 이병웅보다 유명한 놈은 찾아보기 힘들었다.

지가 원할 때만 출연하겠다는 조건으로 계약했다는 놈.

배성현을 통해 성격이 좋다고 들었지만 그걸 순진하게 그냥 믿지는 않았다.

스타들의 특징은 자존심이 세고 특권 의식과 이기주의적인 사고방식이 몸에 배어 있기 때문이었다.

그런데 체육관에 나타난 이병웅은 자신의 선입감을 완벽하게 바꿀 정도로 예의를 지켰고, 감독의 지시를 고분고분 따랐다.

1시간이 넘도록 복싱 훈련에 열중하는 모습을 보면 단박에 알 수 있다. 다른 놈들이었다면 벌써 바닥에 주저앉아 못 하겠다고 엄살을 부렸을 것이다.

* * *

드디어 촬영을 시작한다는 사인을 내보내자 잠시 휴게실에서 쉬고 있던 이병웅이 다시 모습을 드러냈다.

그가 나타나는 순간, 부지런히 촬영 준비를 하던 스태프들은 물론이고 코디들과 작가들의 입에서 비명 소리가 흘러나왔다.

그동안 복싱을 훈련하면서 운동복을 입고 있던 이병웅이 상체를 탈의한 후 나타났기 때문인데 그의 몸을 본 여자들은 자지러지듯 비명을 질렀다.

신이 내린 몸매를 본 적이 있는가.

군살 하나 없이 완벽하게 흘러내린 외관.

거기에 밭고랑처럼 진하게 파여 있는 복근의 조화.

여자들의 입에서 비명 소리가 흘러나온 건 당연한 일이었다.

오죽하면 감독인 엄정환마저 입을 떡 벌렸을까.

"미친다, 미쳐."

"어떻게 저런 몸매를 가질 수 있는 거죠. 쟤는 밥도 안 먹나?"

"그러게 말이다. 이건 완전히 조각품을 보는 것 같구먼."

"이번 광고도 대박 터지겠는데요. 감독님 축하드립니다."

"내가 평소에 착한 일을 많이 하고 다녀서 그래."

드디어 광고 촬영이 시작되었다.

먼저 줄넘기로 몸을 푸는 장면, 섀도복싱, 샌드백을 두들기는 컷들이 연속되었다.

그때마다 원형 레일을 따라 카메라가 정신없이 돌아갔고, 원근을 조절하기 위해 직선으로 만들어 놓은 레일을 따라 카메라가 전진과 후퇴를 반복했다.

일부러 물을 사용할 필요조차 없었다.

굵은 땀방울.

이병웅의 전신에서는 땀들이 방울방울 솟아나고 있었는데 언뜻 봐도 전력을 기울이고 있다는 걸 알 수 있었다.

더 기가 막힌 건 그가 연출하고 있는 분위기였다.

고독한 승부사.

결전을 앞두고 승리를 위해 자신의 온몸을 던지는 승부사처럼 그의 몸에서는 비장한 기운들이 올올이 새어 나오고 있었다.

그다음 날 마지막 컷.

이번 광고는 복싱 쪽에 많은 비중을 두었지만, 하이라이트는 오늘 촬영하는 장면이다.

광고의 중요성은 상품을 얼마나 효과적으로 홍보하느냐는 것이었고, 그런 측면에서 봤을 때 복싱 장면은 양념이나 다름없다.

촬영은 다음 날 이어졌지만, 스토리는 복싱과 스토리가 이어져 이병웅이 샤워를 마친 후 스킨을 얼굴에 뿌리는 것이었다.

이병웅은 촬영 전 의자에 앉아 콘티를 유심히 바라보다가 마지막 콘티에 적혀 있는 문구를 한동안 바라보았다.

'인생을 건 승부, 승리를 위해 나는 오늘도 달린다.'

"병웅 씨, 빨리 와 봐."

"왜?"

이병웅이 사무실로 들어서자 정설아가 급히 그를 불렀다.

친구 놈들은 컴퓨터에 달라붙어 정신없이 뭔가를 하고 있었는데, 그녀가 지시한 걸 수행하는 것 같았다.

"아무래도 미국 부동산 쪽에 문제가 생긴 것 같아. 어제 연준 쪽에서 긴급회의를 소집했어."

"연준이?"

"연준은 정기적 FOMC 때가 아니면 거의 회의를 하지 않아. 물론 연준 자체의 소규모 대책 회의는 있어 왔지만, 이번처럼 의원들을 소집한 건 처음 봤어."

"오케이, 무슨 말인지 알겠다. 누나, 지금 주가 흐름은 어때?"

"어제 다우가 1.3% 빠졌어. 나스닥도 그쯤 내려왔고."

"휴우, 시작인 것 같네. 그럼 우리도 프로젝트를 가동시키자."

"조금 더 두고 보는 건 어때. 너무 큰 금액이라 위험할 수도 있어. 그동안 계속 분석하면서 확신을 가졌지만, 혹시라도 잘못

되면 우린 커다란 손실을 보게 돼."

"투자는 타이밍이고 나는 그 타이밍이 지금이라고 생각해. 외국인과 기관이 콜 쪽에 포진하고 있지?"

"응."

"좋아, 그럼 우리 자금 중 300억은 선물, 700억은 풋 쪽으로 가자. 대기 자금으로 200억만 남겨놔."

"미쳤어!"

이병웅이 결론을 내리고 말을 하자 정설아의 입에서 고함이 터져 나왔다.

얼마나 컸던지 컴퓨터에 들러붙어 있던 놈들까지 무슨 일인가 쳐다볼 정도였다.

"난 안 미쳤어. 방금 말했잖아, 투자는 타이밍이라고. 옵션은 풋, 그것도 245에서 235까지 깔아."

"병웅 씨, 절대 그건 안 돼. 245면 코스피 지수로 100P는 내려가야 해, 235이면 170P야. 지금 옵션 만기일이 불과 10일밖에 남지 않았어. 일이 틀어지면 우린 망해!"

"누나, 나는 이 순간을 위해 오래 기다려 왔어. 그리고 때가 되었지. 그런데 망하는 게 두려워서 주저하겠어? 시기를 놓치면 평생을 후회하게 될 거야. 우린 먼저 선점하고 기다려야 해. 이번에 놈들은 빼도 박도 못하는 상황이 될 테니 무슨 일이 있어도 오늘 승부를 봐야 돼."

"휴우… 내가 수많은 투자를 해 봤어도 이번 경우는 솔직히 겁나."

"겁낼 거 없어. 우리가 지닌 자금은 행운이든 실력이든 투자해서 번 돈이야. 투자라는 건 항상 돈을 벌 수 없다는 거 잘 알잖아. 실패하면 날리는 거고, 성공하면 버는 거야. 하지만 우린 반드시 성공할 수 있어. 지금까지 미국 부동산 시장을 3개월 가까이 추적해 왔고, 무너지는 걸 우리 눈으로 똑똑히 확인했어. 우리만큼 부동산 시장을 타기팅해서 추적한 사람들이 있을 것 같아?"

이병웅의 말에 정설아가 다시 한번 한숨을 길게 흘려 냈다.

그러나 한숨의 의미가 달랐다.

그의 말대로 미국의 부동산 시장을 이렇게 오랜 기간 세밀하게 관찰해 온 건 국내에서 '제우스'가 유일할 것이다.

심지어 그녀가 다니던 대영증권도 미국의 부동산 시장에 대해서는 전혀 정보가 없었다.

"오늘밤에 시간이 없어. 만약 놈들이 눈치를 채게 된다면 말짱 꽝이 돼. 너희들 이리 와 봐."

이병웅이 부르자 의자만 돌려 두 사람의 대화를 듣던 홍철욱과 문현수가 급히 다가왔다.

"지금까지 장난삼아 아르바이트생이라고 했던 거 이제 끝이다. 너희들은 오늘부터 정식 '제우스' 직원이야."

"갑자기?"

"우리 대화하는 거 들어잖아. 이제부터는 진짜 목숨을 건 전쟁이 시작된다. 장난칠 생각도 없고, 그럴 여유도 없어. 그러니까 확실하게 말해. 제우스와 함께할 거야, 말 거야?"

이병웅이 빤히 쳐다보자 홍철욱과 문현수의 얼굴이 굳어졌다.

자신들의 장래가 달린 일.

하지만 '제우스'에서 일하는 기간 동안 이미 마음은 굳어져 있는 상태였다.

"한다, 제우스에 내 남은 삶을 건다."

두 놈이 이구동성으로 말하자 이병웅의 얼굴에서 희미한 미소가 떠올랐다.

하지만 그 미소는 금방 지워졌고 다시 냉철한 표정으로 돌아가 말을 이어 나갔다.

"이야기를 들었겠지만 우린 오늘 전쟁을 치러. 아주 치열한 전투가 될 거야."

"흐으, 살 떨리네."

"장 시작 얼마나 남았어?"

"15분."

"그럼 스탠바이 하고 장 시작 동시에 베팅을 시작해."

"기도는 안 해?"

"무슨 기도?"

"씨발, 잘되게 해 달라고 하나님한테 빌어야지. 부처님한테도 빌고."

*   *   *

이병웅은 컴퓨터에 달라붙어 정신없는 정설아와 친구들을 바라보며 커피 한 모금을 입에 물었다.

이번 옵션에 베팅하는 금액은 700억.

자신이 예상한 레인지에 들어오면 한국 옵션 역사상 최고의 금액을 벌 수 있을 것이다.

외국인들의 정보가 아무리 뛰어나다 해도 움직이는 데는 한계가 있을 테니 놈들은 꼼짝 못 하고 당하게 되어 있다.

이미 유동자금의 상당 부분이 현물과 선물, 그리고 옵션에 베팅된 상황이었고, 외국인과 기관은 콜을 먹기 위해 최근 들어 주가를 끌어올리는 중이었다.

모든 자금을 옵션에 투자하지 않은 건 나름대로의 안전장치를 마련한 것이었다. 그래서 선물 쪽에 300억을 베팅했고, 현금으로 200억을 남겼다.

물론 머릿속에서는 모든 자금을 옵션에 베팅해야 된다는 유혹이 끊임없이 생성되었으나, 이를 악물고 참았다.

정설아의 말대로 만약을 대비해야 한다.

99%의 확률이 있다 해도 최악의 순간을 감안해서 살아날 구멍은 만들어 두는 게 투자자의 철칙이다.

＊   ＊   ＊

기재부 차관 김시웅은 사무실에서 퍼팅연습을 했다.

책상 뒤 잘 안 보이는 곳에 퍼팅 연습기를 사 놓고 가끔가다 이렇게 점심시간이 되면 퍼팅 연습을 했다.

저번 주 일요일 라운딩에서 퍼팅이 안 되는 바람에 20만 원을 잃었다.

분해서 견딜 수가 없었다.

사업을 하는 친구 놈들은 언제나 자신의 밥들이었는데, 그날 따라 유독 3퍼팅을 9번이나 하는 바람에 돈을 잃고 말았다.

딸칵.

또 들어갔다.

이렇게 잘 들어가는데 왜 그날은 구멍이 옆으로 도망가는 것처럼 공을 외면한 걸까?

문이 열리며 대외경제국장 이창래가 들어온 것은 퍼트를 놓고 내려놓은 커피를 마시기 위해 소파 쪽으로 이동할 때였다.

"차관님, 쉬시는 데 죄송합니다. 하지만 보고를 드려야 될 것 같아서……."

"뭔데 그래?"

김시응의 표정이 슬쩍 변했다.

가급적 직원들은 점심시간에는 찾아오지 않았는데, 대외경제국장이 급히 들어왔다는 건 일이 발생했다는 걸 의미했다.

"지금 미국의 상황이 심상치 않습니다. 아무래도 서브프라임 모기지 채권에 문제가 생긴 것 같습니다. 거기에 CDO 쪽도 터진 모양입니다."

"이봐 이 국장, 좀 알아듣기 쉽게 설명해 봐. 서브프라임 모기지는 뭐고, CDO는 뭐야?"

"에, 그것이……."

대외경제국장 이창래의 말이 잠시 끊겼다.

차관이 모르는 건 어쩌면 당연한 일이다.

자신도 문제가 터졌다는 담당 과장의 설명을 한참이나 들은 후 이해를 했으니, 차관이 그런 내용을 알 리 없다.

가끔가다 미주 담당 직원들이 미국 부동산 시장에 대해서 우려를 나타냈지만, 차관에게 보고한 적은 없었다.

잘나가는 미국.

미국의 경제는 활황이었고, 주가는 연신 최고점을 찍고 있는 마당에 부동산이 위험하다는 말을 어떻게 한단 말인가.

만약 자신이 그런 이야기를 했다면 차관의 성격상 근거 자료부터 요구했을 것이다.

차관은 근거 자료가 없는 이야기는 한 귀로 흘려 넘기는 사람이었다.

근거 자료.

말이 근거 자료지, 미국 부동산 시장에서 벌어지는 일에 대한 근거 자료를 어떻게 구해서 보고서로 올릴 수 있겠나. 그건 아마 미국 정부도 힘들 것이다.

부동산 파생 상품은 복잡하게 얽히고설켜서 그 규모가 얼마나 되는지 짐작조차 되지 않는다.

"차관님, 미국은 경제가 활황을 맞으며 7년 전부터 부동산이 계속 상승해 왔습니다. 그러다 보니 은행에서 본격적으로 사람들에게 부동산 대출을 해 줬는데 신용에 따라 3단계로 구분했습니다. 서브프라임은 그중 신용이 가장 안 좋은 사람들에게 대출해 주는 상품입니다."

"그래서?"

"그런데 은행들이 거기에 꼼수를 부려 CDO라는 걸 만들었습니다. 신용이 나쁜 서브프라임 상품과 신용이 좋은 프라임 상품, 그리고 그다음 단계인 알트A를 합성시켜 신용 평가사로부터 우량 등급을 받아 증권사에게 팔아먹은 것이죠."

"대충 이해가 되는군. 그러니까 은행에서는 수수료를 따먹고 위험도 분산시키기 위해서 한 짓이야. 내 말 맞나?"

"정확하십니다."

"지금 자네는 그 상품들에 문제가 생겼다는 걸 말하는 거고?"

"최근 들어 미국 부동산 시장이 하락하고 있다는 정보가 들어왔습니다. 처음에는 대수롭게 생각 했는데, 시간이 가면서 점점 심각해지는 모양입니다."

"오케이, 이해했어. 하지만 내가 아무리 생각해 봐도 자네가 점심시간에 나한테 올 정도로 급한 상황은 아닌 것 같구만."

"예?"

"이봐 이 국장, 미국이 어떤 나란가. 그놈들은 기축통화인 달러를 가지고 있는 자들이야. 세계경제를 휘어잡고 있는 최강국이라고. 그런 놈들 문제를 우리가 왜 신경 써야 돼?"

"혹시 몰라서 알고 계시라고……."

"부동산이 떨어져서 문제가 생긴다 해도 미국 정부가 나서면 금방 해결된다. 방금 말한 것처럼 미국은 기축통화인 달러를 가지고 있는 자들이야. 어떤 식으로든 해결할 테니 걱정할 거 없어."

"그렇긴 하죠. 제가 온 건 혹시라도 장관님이 물으실 수 있을 것 같아서 알고 계시는 게 좋을 거라 판단했습니다."

"하하… 난 자네의 그 꼼꼼함이 좋아. 자네가 골프를 잘 친다면서?"

"예, 이상하게 골프와는 적성이 맞더군요."

"핸디가 얼마야?"

"10개 정도 됩니다."

"어허, 잘 치는구먼. 내가 저번 주말에……."

두 사람은 골프 이야기를 하면서 점심시간을 보냈다.

그 시간, 미국의 상황은 부동산 대출 연체율이 30%가 넘어 은행의 유동성이 심각하게 위험해진 상황이었다.

*   *   *

미국 시장이 급락을 시작한 것은 '제우스'가 총력을 기울여 베팅을 완료한 다음 날부터였다.

3%가 넘는 폭락.

폭락은 하루에 그치지 않고 계속 이어졌는데, 본격적으로 미국 언론에서는 부동산 시장의 하락과 대출 연체가 심각하다는 보도가 양산되기 시작했다.

처음에는 버티던 한국 시장이 결국 터졌다.

미국 시장이 폭락을 거듭하자, 3일 동안 눈치를 보면서 시장을 지탱하던 외국인과 기관들이 주식을 던지기 시작했다.

지금은 선물이나 옵션이 문제가 아니란 판단을 내린 게 분명했다.

그럼에도 개인투자자들은 그들이 던진 물량을 받으며 횡재했다는 표정을 지었다.

이렇게 싼 가격으로 주식을 산다는 건 드문 경우라고 생각했을 것이다.

바보라고?

하지만 주식시장에서 기생해 본 경험이 있다면 그런 말을 절대 하지 못한다.

개인들은 정보에 어두워 외국인들과 기관들의 밥이 되는 걸 알기까지 상당한 시간이 필요하기 때문이다.

올리고, 내리고.

외국인들과 기관들이 시장을 주무르는 방법은 아주 간단하면서 교묘하다.

내릴 때도 절대 그냥 내리지 않고 반등을 주면서 유혹했고, 올릴 때도 멀미가 날 정도로 흔들면서 올리기 때문에 개인들이 그 유혹에 넘어가는 경우는 부지기수였다.

철퇴를 맞았다는 표현이 맞을까, 아니면, 폭탄이 터졌다는 표현이 맞을까?

언제나 흔들면서 내려오던 주식시장은 이번엔 마치 끈 떨어진 연처럼 그대로 땅바닥을 향해 처박았는데, 불과 일주일 만에 140P가 빠졌다.

주식시장은 곡소리가 났고, 개인들은 망연자실한 표정을 지었다.

그건 외국인과 기관들도 마찬가지였다.

최대한 손실을 줄이기 위해 물량을 던지고 있었지만, 그들도 속으로는 피눈물을 흘렸을 것이다.

"어떻게 됐어?"

"미국 시장 어제도 작살났어. 오늘도 우리나라 시장은 꼴아박힐 것 같아."

"휴우… 긴장되네."

"병웅 씨 말대로 되어 가고 있어. 외국인과 기관들은 시장을 포기한 게 분명해. 하긴, 당연한 일이야. 지금 미국이 흔들리고 있으니 걔들은 정신없을 거야."

"누나, 우리 예상 수익은 얼마나 돼?"

"이대로라면 옵션에서 6,200억 정도. 선물이 300억. 합해서 6,500억. 옵션 수익율은 900% 가까이 돼."

"오늘이 결전의 날이야. 끝까지 긴장의 끈 놓치지 마."

"응, 잘해야지. 오늘 잘 끝나면 와인 한잔 사 줘."

"와인뿐이야. 상도 듬뿍 줄게."

옵션 시장이 끝나는 순간 이병웅과 정설아, 친구들은 만세를 불렀다.

대박, 그것도 한국 옵션 역사상 길이 남을 대박을 터뜨렸으니 네 사람의 얼굴에는 기쁨이 흘러넘쳤다.

"축하해, 정말 축하해."

"전부 고생했어. 오늘은 내가 좋은 데 가서 저녁 산다."

정말 자신이 해 놓고도 믿기지 않는 일이 벌어졌다.

단 10일 만에 1,000억을 투자해서 6,500억을 챙겼으니 이건 정말 기적이나 다름없는 일이었다.

이병웅이 유독 이번 옵션에 목숨을 걸었던 건 그만한 이유가 있었기 때문이었다.

하락장, 그것도 강력한 하락장에서는 첫 번째 옵션에서 승부를 걸지 않으면 돈을 벌지 못한다.

생각해 보라. 전부 주식시장이 떨어질 것으로 예상한다면 누가 옵션 시장에서 콜 쪽에 돈을 건단 말인가.

닷컴 버블 때도 그랬고, 지금도 마찬가지다.

앞으로 당분간 옵션 시장은 수렁에 빠진 황소처럼 허우적거리며 겨우 명맥만 유지하게 될 것이니 이번이 마지막 기회였다.

*   *   *

저녁 식사는 강남에서 가장 비싸다는 '우림옥'에서 했다.

오늘 같은 날까지 평소처럼 회사 앞 허름한 가게에서 대충 때우고 싶지 않았다.

오랜만에 허리띠를 풀어놓고 마음껏 술을 마셨다.

정설아와 친구들.

특히 문현수는 마지막 찍힌 금액을 확인한 후 한동안 숨을 쉬지 못할 정도로 놀랐는데, 엄청난 충격을 받은 것 같았다.

하지만 기쁜 것은 기쁜 것이고, 돈을 버는 건 멈출 수 없다.

"누나, 내일 당장 미국 인버스에 투자해야 돼."

"휴우, 그럴 줄 알았어."

"물 들어올 때 노를 저어야 대해로 나갈 수 있어. 이런 상황이 올 거라 예상하면서 수없이 많은 시나리오를 짠 후 결정을 내린 거잖아."

"병웅 씨, 우리 너무 숨차게 달리는 거 아닐까?"

"이번 기회에 '제우스'를 반석에 올려놔야 해. 현재까지 미국 시장은 8%가 빠졌지만, 이건 시작에 불과하다는 게 내 판단이야. 최대한 빠르게 올라타야 더 많은 수익을 올릴 수 있어."

"얼마나 베팅할 생각인데?"

"5,000억."

"헉!"

정설아는 물론이고 홍철욱과 문현수까지 동작을 멈추고 이병웅을 쳐다봤다. 정말 미친 거 아니냐는 뜻을 담아.

"병웅아, 나도 미국 시장이 계속 빠질 거란 예상은 해. 하지만 미국은 미국이야. 미국 정부가 본격적으로 나서면 이 사태, 금방 해결될 수 있어. 넌 그런 생각 안 해 봤어?"

"해 봤지. 하지만 아무리 생각해도 미국 정부가 해결하지 못할 것 같다는 판단이 들어. 미국전체, 아니, 세계 전체가 연동된 금융 위기가 찾아오는데 미국 정부가 어떻게 막아. 절대 불가능한 일이야."

"휴우… 세계정부가 전부 힘을 합쳐서 막으면?"

"언제부터 세계정부가 그렇게 친했냐. 그리고 각 국가마다 전부 사정이 달라서 그런 일은 절대 없어. 지금 우리 정부를 봐라. 아무런 생각이 없잖아. 단지 미국에서 벌어진 일이라고 강 건너 불구경하고 있지. 곧 우리나라에도 피해가 닥칠 거란 것조차 생각하지 못하는데, 무슨 대책을 세워. 대책도 없어 보이지만, 설령 대책을 세워도 시간이 꽤 필요할 거야."

"흐으."

"누나, 그리고 너희들. 아직도 나를 못 믿겠어?"

"믿지, 믿으니까 여기까지 따라왔지. 하지만 너무 금액이 커. 조금만 줄이면 어때?"

"인생을 살면서 기회는 자주 찾아오지 않는다. 그리고 기회를 놓치는 자들은 부자가 될 수 없어."

"이 자식아, 말 좀 들어!"

홍철욱이 소리를 빽 질렀으나 이병웅은 그저 웃음만 지으며 술잔을 들었다.

무슨 걱정을 하는지 안다.

쉽게 번 돈은 쉽게 나갈 수 있지만, 나는 절대 그렇게 하지 않아. 수없이 많은 가능성을 염두에 두고 분석해서 최종적으로 내린 결론이다.

이대로 두면 미국은 붕괴 수준까지 떨어지게 된다는 확신, 그 확신을 얻게 된 건 서브프라임 때문이 아니라 그걸 부풀려서 팔아먹은 CDO 때문이야.

CDO가 맛이 가면 은행은 물론이고 증권사, 사모펀드, 뮤츄얼 펀드 할 것 없이 전부 골로 가게 되어 있어.

*   *   *

친구들과 헤어져 이병웅은 정설아의 집으로 향했다.

아직도 친구들은 왜 정설아 같은 사람이 '제우스'에 왔는지 정확하게 모른다.

그저 연봉을 많이 준다고만 말했을 뿐, 그녀와의 관계를 말하지 않았기 때문이었다.

돈을 번다는 건 누군가에겐 죽기보다 더 어려운 일이고 누군가에겐 손바닥 뒤집는 것처럼 쉬운 일이다.

사업을 하는 사람들은 언제나 그렇게 이야기하지. 남을 이용해서 돈을 버는 게 가장 쉽고 많은 돈을 벌 수 있는 방법이라고.

하지만 더 쉬운 방법이 있다.

바로 머리를 써서 손가락 하나로 돈을 버는 방법이다.

그걸 가능하게 만드는 건 경제에 대한 지식과 금융에 대한 공부뿐이다.

오랜만의 회포.

그녀와 같은 사무실에서 일을 시작했지만, 여러 가지 이유로 같이 잠자리를 한 게 보름이나 되었다.

그녀는 여전히 울었다.

관계를 맺을 때마다 그녀는 언제나 일이 끝나면 녹초가 된다.

"자긴, 그렇게 돈을 많이 벌어서 뭐 할 거야?"

"말했잖아. 세계에서 가장 큰 부자가 되는 게 내 꿈이라고."

"왜 그래야 되는데… 인생은 돈이 많다고 행복한 게 아니잖아?"

"알아. 그래서 행복하기 위한 노력도 같이 하고 있어. 내 스스로의 삶을 풍요롭게 만들면 그게 행복한 거 아닐까?"

"연예 활동을 하는 게 그 이유야?"

"응, 나는 세계에서 가장 큰 부자가 되는 것만큼, 세계에서 가장 유명한 사람이 되고 싶어. 사람들 앞에서 노래를 부르는 것, 텔레비전에 나가 촬영을 하는 건 내가 즐겁기 때문이야. 누나가 말한 그 행복. 난 그런 삶 속에서 행복을 느끼거든."

"난 불안해, 병웅 씨가 어느 날 훌쩍 떠날까 봐."

"누나는 여전히 결혼할 생각 없어?"

"혼자 사는 게 좋아. 아이 낳고, 남편 뒷바라지하는 거 나랑 안 맞아."

"편하다면 그렇게 살아야지. 실은 나도 그렇게 살 생각이야. 자유롭게 창공을 훨훨 날아다니는 새처럼 마음껏 세상을 누비고 싶어."

*　　　*　　　*

다음 날 5,000억의 돈을 반으로 쪼개 다우와 나스닥 인버스 2X에 베팅을 했다.

인버스 2X는 주가가 하락할 때 2배로 먹는 파생 상품이었다.

이것 역시 옵션처럼 위험하다.

만약 주가가 오른다면 2배로 손해 보는 파생 상품이었으니, 미국 정부에서 사태를 금방 수습한다면 엄청난 손실을 볼 수 있었다.

다행인 점은 옵션보다 훨씬 빠르게 처분이 가능하다는 것이었다.

그토록 베테랑인 정설아도 막상 베팅을 하는 순간 손가락이 덜덜 떨리는 게 보였다.

그러나 이병웅은 눈 하나 깜짝하지 않았다.

긴장이 되지 않았다. 이미 확신을 하고 있었으니 긴장할 이유도 없고, 두려워할 이유도 없었다.

베팅한 날부터 미국의 주가는 연일 폭락을 거듭했다.

마치 떨어지는 칼날처럼 멈출 줄 모르는 폭락이었다.

*　　　*　　　*

윤철욱은 침을 꼴깍 삼키며 JK화장품의 임원진을 기다렸다.

광고 금액으로 본다면 JK화장품은 정문자동차보다 오히려 한 끗발이 더 높다.

JK쪽에서는 정문자동차처럼 서두르지 않았기에 날밤을 까며 편집을 서두를 필요는 없었지만, 긴장감은 계속되었다.

당연히 시사회의 브리핑은 그가 맡을 수밖에 없었다.

더군다나, 이번 시사회는 새로 취임한 JK화장품의 신임 회장 앞이었으니 그 어떤 때보다 신중을 기해야 했다.

드디어 거대한 회의장 문이 열리며 JK화장품 임원진들이 들어오는 게 보였다.

맨 앞에 걸어오는 여자가 바로 신임 회장인 유연하였다.

전임 회장이 심장마비로 사망하면서 대권을 이어받았는데, 그녀는 전임 회장의 장녀였다.

40대 중반의 나이임에도 화장품 회사를 경영해서 그런 건지, 아니면 돈을 처발라서 그런 건지 알 수 없으나 피부가 20대처럼 팽팽했다.

한동안 언론을 떠들썩하게 만들었던 경제계의 총아.

경제계에서는 그녀를 사교계의 여왕으로 부를 정도였는데, 회장에 취임 전부터 수많은 경제계 인사들과 왕성한 교류를 펼친 것으로 유명했다.

회장이 먼저 자리에 앉자 나머지 임원진들이 그 뒤에 포진해서 자리를 잡았다.

순서는 전과 동.

먼저 광고 전편을 보여 준 후, 나중에 브리핑하는 순서다.

광고가 길어 봐야 얼마나 길겠나.

불과 20초.

눈 감고 세면 금방 지나갈 시간이지만 유연하와 임원진들은 광고가 시작되자 그사이에 수십 번도 넘게 탄성을 질렀다.

자신이 봐도 광고가 너무 잘빠졌다.

특히 엄정환의 원근 조절과 화면 배치 능력은 이번 광고에서 빛을 발했고, 숨소리와 땀방울까지 생생하게 확인될 정도였다.

거기다 광고 주연이 누구란 말인가.

처음 완성된 광고를 확인한 자신도 두 눈을 의심할 정도로 놀랐으니, 지금 JK화장품 회장과 임원진의 반응이 충분히 이해가 된다.

"그럼 지금부터 광고의 콘셉트에 대해서 설명드리겠습니다. 이번 광고는……"

"됐어요."

"예?"

"브리핑 안 하셔도 됩니다."

"아, 예……."

윤철욱이 회장의 제지에 식은땀을 흘렸다.

뭐, 잘못된 것이라도 있나. 반응은 상당히 괜찮았는데 무슨 일일까.

다른 놈들 반응은 상관없다. 회장이 마음에 안 들었다고 하면 이번 광고는 순식간에 사장될 것이고, '보헤미안'은 치명타를 입게 된다.

"보헤미안이 광고를 잘 만든다고 들었는데 막상 보니까 정말 좋네요. 사장님, 수고하셨어요."

"감사합니다."

아이고, 살았다.

"이 광고 그대로 내보내죠, 기획실장님?"

"예, 회장님."

"보헤미안 관계자들 회식하라고 봉투 좀 만들어 주세요. 우리 광고를 저렇게 잘 만들어 주셨으니 보답을 하고 싶네요."

"알겠습니다."

유연하의 지시에 대머리 까진 사내가 벌떡 일어나 뛰어가는 게 보였다.

저절로 자신도 모르게 웃음이 새어 나왔다.

봉투. 그까짓 봉투가 중요한 게 아니다.

진짜 중요한 것은 유연하에게 인정을 받았다는 뜻이고, JK화장품의 다른 광고들을 계속 수주할 수 있다는 것이다.

*　　　　*　　　　*

4학년 2학기. 이제 남은 건 불과 5학점밖에 없었고 그나마 전공은 한 과목뿐이었다.

다 알겠지만 졸업 학기의 분위기는 어떤 학교도 느슨해질 수밖에 없는데, 남은 학점도 적을 뿐만 아니라 교수들도 수업에 열의를 보이지 않는다.

사람들의 시선이 느껴졌으나 이병웅은 오로지 앞만 보고 걸었다.

학교가 이래서 좋다. 아무리 유명해도 학교 안에서는 사인해 달라고 달려드는 사람이 없기 때문에 모자를 쓰지 않았다.

"이병웅이다, 이병웅이야!"

"어디, 어디!"

학생들이 걸음을 멈춰 서서 수군거리는 소리가 들렸으나, 모른 체하며 곧장 최철환 교수의 연구실로 올라갔다.

'포세이돈'의 광고가 나간 후 그의 인기는 하늘 모르고 치솟는 중이었는데, 이젠 어린아이들까지 알 정도였다.

"교수님, 이병웅입니다."

"어서 오게."

"오랜만에 뵙겠습니다."

"이 사람, 휴우. 자넨 어째서 시간이 갈수록 더 이상하게 변하나. 예전보다 얼굴이 더 좋아 보여."

"감사합니다."

눈썰미가 좋다.

전화는 종종 했지만, 그를 만난 건 '밀애'가 완성되기 전이었으니 완벽하게 변한 얼굴을 보는 건 처음이다.

그럼에도 금방 알아본다.

그때와 지금의 변화는 오직 눈밖에 없었음에도.

"병웅 군같이 유명한 사람을 내가 오라 가라 해도 되는지 모르겠구먼."

"별말씀을요. 교수님이 오라면 저는 지옥이라도 달려갈 겁니다."

"푸하하… 그사이에 아부도 늘었어."

"사실입니다."

"오늘 자네를 보자고 한 건 지금 벌어지고 있는 미국의 서브프라임 모기지 사태 때문일세. 모레, 정부에서 긴급 대책 회의를 한다면서 나를 불렀어."

"이제 정부도 심각함을 인지한 것 같네요. 하지만 많이 늦었습니다."

"그래서 말인데… 그동안 자네가 수집한 정보를 얻을 수 있겠나?"

어쩐지.

서브프라임 모기지론에 대해서는 대한민국 누구보다 잘 아는 사람이 최철환 교수였다.

그는 오래전부터 미국의 부동산 시장이 위험하다는 걸 인지하고 있던 몇 안 되는 사람이라 꽤 많은 자료를 가지고 있을 것이다.

그럼에도 '제우스'가 보유하고 있는 정보에 비하면 조족지혈이다.

하루 24시간을 쪼개고 쪼개 쓰는 최철환 교수 혼자서는 정보 수집에 한계가 있었을 것이고, 거기에만 신경 쓸 수 없는 입장이었으니 이병웅을 콜한 것이다.

그가 이병웅이 많은 정보를 가지고 있다는 걸 알게 된 건 수시로 전화 통화를 하면서 미국의 상황에 대해 의견을 나눴기 때문이었다.

"저희가 가진 정보를 취합해서 보고서로 만들어 드리겠습니다. 백 데이터는 별도로 첨부하고, 제가 분석한 향후 시나리오까지 보고서 안에 포함시키겠습니다."

"어허, 그 정도까지 준비했어?"

"교수님께 필요할 것 같아서 조금씩 준비했습니다. 교수님은 저를 위해 펜실베이니아까지 추천하셨는데, 은혜는 갚아야죠."

"고맙네, 고마워."

최철환 교수의 얼굴이 활짝 펴졌다.

워낙 급박한 상황이라 정부에서는 미처 준비할 시간조차 주지 않고 회의를 소집했기 때문에 답답한 실정이었는데, 이병웅이 가려운 곳을 긁어 주자 속이 뻥 뚫리는 것 같았다.

정보가 빈약하다는 건 결론을 내리기 힘들게 하고 자신 없는 결론은 잘못된 정책을 유발시킬 수 있었다.

정부가 바쁘다는 자신을 무작정 콜한 것은 그만큼 지금의 상황이 급박하고 경제학의 태두에 있는 자신을 믿기 때문이었다.

정부는 곧 국가였고, 자신은 한 사람의 국민으로서 책임을 다할 의무가 있었다.

그러니.

올바른 의견으로 국가의 정책을 제대로 보필할 수 있다면, 제자가 아니라 더한 사람의 도움도 받을 수 있다는 게 그의 생각이었다.

*　　　　　*　　　　　*

최철환 박사는 메일을 열고 이병웅이 보내온 자료를 다운받아 출력했다.

방대한 양. 첨부물은 거의 100여 쪽에 달했고, 보고서도 10페이지나 되었다.

최철환 박사는 일단 첨부물은 뒤로 제쳐 놓고 보고서를 펼쳤다.

이 친구는 도대체.

대학원생들의 작성한 보고서와 판이하게 다른 형식.

이병웅이 작성한 보고서는 논문 요약서와는 완전히 달랐는데, 정부의 보고 양식과 거의 흡사했다.

그를 놀라게 만든 것은 보고서의 내용이었다.

검토 목적부터 발생 원인, 현재 상황, 향후 예상되는 충격과 대책, 검토 결과까지.

일사천리다.

최철환 박사는 보고서를 읽으며 연신 신음을 흘렸다.

이병웅이 예상하고 있는 금융 위기의 파괴력이 자신이 생각하고 있던 것보다 훨씬 강력했기 때문이었다.

더군다나 그 예상의 근거가 첨부물로 차곡차곡 증명되고 있었기에 그가 느끼는 충격은 훨씬 클 수밖에 없었다.

무섭다. 똑똑한 젊은이라 생각하고 있었지만, 이 정도로 대단한 능력을 지녔으리라고는 꿈에도 생각하지 못했다.

그때부터 최철환 박사는 자신이 가지고 있던 정보와 이병웅이 보내준 정보를 비교 분석하면서 오랜 시간 동안 자리에서 일어나지 않았다.

제자의 결론과 자료를 검토분석한 후 자신이 내린 결론이 비슷하다면 대한민국은 물론, 세계 전체가 위험해진다.

어떻게 하든 막고 싶었다.

다른 나라는 몰라도 대한민국만큼은 이 위기에서 구해 내고
싶었다.

                    *   *   *

JK화장품 광고가 본격적으로 각종 매체를 통해 송출되자 대
한민국은 다시 한번 이병웅 신드롬에 사로잡혔다.

신이 내린 몸매. 그리고 화면을 통해 나타난 복싱 기술.

남자의 향기를 물씬 풍기는 그의 모습에 각종 언론은 물론이
고, 인터넷의 블로그와 카페들이 난리가 났다.

광고로 스타가 된 사람들은 많다. 하지만 이병웅처럼 국민적
인 관심을 끌 정도로 신드롬을 일으킨 사람은 지금까지 아무도
없었다.

연예 소식을 전하는 방송국 프로그램들은 신드롬이 일어나자
인터뷰하기 위해 갖은 애를 썼는데, 전 방송국이 달라붙었지만
이병웅을 찾지 못했다.

그 시간 이병웅은 최철환 박사의 콜을 받고 모처에서 거의 일
주일 동안 대책 회의에 참여하고 있었기 때문이었다.

정부에서는 상황이 점점 심각해지자 비상 회의를 통해 TF팀
을 만들었는데, 최철환 박사를 수장으로 경제계의 저명한 학자
들과 각 분야의 고위급 관료들이 포함되었다.

최철환 박사가 약속했던 마지막 날.

이병웅은 일주일만 도와달라는 그의 부탁을 받고 극비리에 호
텔에 들어온 후 주로 최철환 박사와 의견을 나누었다.

난상 토론.

TF팀에 소속된 사람치고 경제 분야에 귀신 아닌 사람이 없었으니 공식 자리에서 이병웅이 낀다는 건 쉽지 않은 일이었다.

이병웅은 주로 뒷자리에 배석해서 TF팀원들의 의견을 들었는데, 상당수의 경제 전문가들이 황당한 이야기를 반복하고 있었다.

일단 그들은 지금의 현 상황이 무척 암울하다는 최철환 박사의 자료 제공을 받고도 쉽게 동의하지 않았다.

미국의 부동산에 문제가 생긴 게 뭐가 대수라고 국가 위기 때나 소집하는 TF팀을 구성했냐는 게 상당수의 생각이었다.

그랬으니 대책이나 제대로 나오겠는가.

그럼에도 그들은, 그럴 리 없겠지만 만약 위기가 다가올 경우 IMF 시절 시행했던 대책들을 거론하며 구태의연한 방식들을 고수했다.

금융이 변했다.

1998년과 2007년.

금융 패턴은 10년 전에 비해 무자비할 정도로 진화되어 있었기 때문에 동일한 대책을 세운다는 건 말도 안 되는 일이었다.

더군다나 IMF 시절, 정부에서 세운 대책은 국민들의 피눈물을 흘리게 만든 것투성이고, 외국 기업들에게 우량한 기업들과 부동산을 헌납해서 달러를 구한 게 전부였다.

최철환 박사는 팀원들의 의견을 하나씩 들은 후 무거운 한숨을 길게 흘려 냈다. 이들 중 자신과 이병웅이 나누었던 수준의 대책을 이야기한 사람은 아무도 없었다.

그럼에도 그는 아무 말 하지 않았다.

수장이 대뜸 결론을 지으면 안 된다.

이곳에 있는 팀원들은 기재부의 난다 긴다 하는 관료들과 학계의 저명한 박사들이었으니 계속 의견을 개진하며 결론을 도출해야 분란이 생기지 않기 때문이다.

모든 사람들의 의견이 끝났을 때 무겁게 한숨을 들이켠 최철환 박사의 입이 천천히 열렸다.

이곳에서 아직 말하지 않은 사람은 오직 이병웅뿐이었다.

"이병웅 군, 자네도 한마디 하게."

"박사님, 이곳은 중요한 논의를 하기 위해 모인 자리입니다. 일개 학생에게 의견을 들을 만큼 한가한 자리가 아니에요."

최철환 박사가 이병웅에게 기회를 주자, 맨 앞쪽에 앉아 있던 Y대의 김국환이 인상을 쓰면서 불만을 터뜨렸다.

최철환 박사와 더불어 대한민국 경제계의 양대 산맥으로 불리는 학자.

하지만 그의 성격은 남들이 함부로 접근하지 못할 정도로 차가워서 독고다이로 유명한 사람이었다.

그는 이곳에 이병웅이 있다는 것 자체가 못마땅하다는 표정을 숨기지 않았다.

"김 교수님, 이 친구는 서브프라임 쪽에 논문까지 쓸 정도로 많은 지식을 가지고 있어요. 그러니 기회를 주시죠."

"안 됩니다. 저 친구는 연예인 아닙니까. 연예인은 텔레비전 방송에나 출연할 일이지, 여긴 왜 온 겁니까. 이 자리는 국가의 중대한 문제를 논의하기 위해 경제계의 권위자들만 모인 곳입니다. 만약, 저 친구가 나선다면 TF팀의 권위는 땅바닥에 추락할 것입니다."

"허어, 참 답답하군요."

권위 의식.

그래 맞다. 대한민국은 권위 의식이 이렇게 철저히 몸에 밴 자들로 가득한 곳이다.

김국환의 말에 여기저기서 고개를 끄덕이며 동의하는 자들이 보였다. 그들은 그동안 이병웅의 존재를 발가락 때만큼도 여기지 않았다.

그때, 평소 최철환 박사를 존경하던 기재부 대외경제국장 이창래가 슬그머니 입을 열었다.

그는 정부를 대표해서 이곳에 참석했고 TF팀의 대소사를 전부 처리하고 있었기 때문에 팀원들도 한 수 접어주는 위치에 있었다.

더군다나, 기재부의 실세 국장이다.

기재부는 예산을 주관하는 부서로 학교의 연구비도 컨트롤하는 정부 부처였으니 아무도 그를 무시하지 못한다.

"여러분, 지금은 한 사람의 의견이라도 중요한 상황입니다. 이병웅군이 서브프라임에 대해 논문까지 썼다고 하니 한번 들어보시죠."

이창래가 나서 주선을 하자 못마땅한 표정을 짓던 김국환이 슬그머니 고개를 돌렸다. 라이벌인 최철환 교수는 몰라도, 실세인 이창래와 굳이 척을 질 필요는 없었기 때문이었다.

이창래 국장이 손짓으로 발언해 보라는 사인을 보내자 그동안 묵묵히 앉아 있던 이병웅이 자리에서 일어났다.

가소로운 자들.

만약 여기에 최철환 교수가 없었다면, 김국환 교수의 말을 들었을 때 가차 없이 문을 박차고 나갔을 것이다.

"그럼 제가 한 말씀 드리겠습니다. 저는 서브프라임 모기지론보다 CDO에 주목하고 있습니다. 발단은 서브프라임 모기지론이지만, 그보다 수백 배 더 많은 자금이 CDO에 묶여 있기 때문입니다. 잘 아시겠지만 미국은 우리나라와 달리 개인이 파산 신청을 하면 더 이상 추징이 불가능하도록 법으로 규정되어 있습니다. 그 말은 개인들이 뒤로 넘어졌을 때 모든 피해를 은행과 투자했던 증권사, 사모펀드, 뮤추얼펀드가 떠안아야 된다는 뜻입니다."

"그래서?"

"그 자금이 알려진 것만 해도 5,000억 달러가 넘습니다. 파생상품의 특성상 어쩌면 그 두 배 이상 될지도 모릅니다."

"당신 그 말 책임질 수 있어? 두 배라면 1조 달러야. 1조! 이 사람아, 우리 돈으로 1,200조라고!"

"제가 오늘 아침, 미국에서 얻은 정보입니다. JP모건이 극비리에 추산한 금액으로 월가에 급속히 퍼지는 중이랍니다. 아닐 수도 있지만 저는 가능성이 크다고 봅니다. 단지 루머로 보기엔 지금의 상황이 그만큼 심각하기 때문입니다."

"어허!"

이병웅이 자신 있는 표정으로 근거까지 대자 좌중에 앉아 있던 사람들의 얼굴이 허옇게 변했다.

1조 달러.

1930년부터 지금까지 미국이 찍어 낸 본원통화의 양은 전부 합해 9,000억 달러에 불과했다.

물론 그건 본원통화였고, 시중 통화로 계산하면 지준율 10%로 계산했을 때 9조 달러가 굴러다닌단 뜻이다.

그런데 1조 달러가 사라진다면 미국은 어떻게 될까?

아무리 생각해도 그건 사망밖에 답이 없다.

"미국이 붕괴되면 우리나라는 어떤 대책을 수립해도 버텨 낼 방법이 없습니다. 한국은 기타 통화국이기 때문에 달러가 붕괴되면 같이 죽게 되죠."

"이봐, 그런 원론적인 이야기는 우리도 다 알아. 어디서 건방지게 쓸데없는 소리를 하고 있어!"

"지금 교수님들과 국장님들이 내놓은 대책들은 아무런 쓸모가 없단 걸 알려 드리기 위해 꺼낸 말입니다."

"이런 건방진 자가 있나. 당장 나가!"

"나가겠습니다. 하지만 아직 할 말이 남아 있으니 잠시만 기다려 주십시오."

좌중이 소란해지자 최철환 박사가 손을 들고 진정을 시켰다.

"여러분 잠시만 참아 주시죠. 아직 할 말이 남았다니까 마저 하고 나가게 해 주시죠."

"그러는 게 좋겠습니다. 어차피, 저 친구는 오늘 일정이 있어 가야 한다고 들었습니다. 여러분, 조금만 더 양해해 주시기 바랍니다."

최철환 박사에 이어 이창래까지 나서며 말을 하자 좌중이 조금씩 조용해졌다.

이병웅이 다시 입을 연 것은 최철환 박사가 나머지 이야기를 하라는 듯 손짓하는 걸 본 후였다.

"우린 스스로 대책을 만들기보다 먼저 미국이 어떻게 조치하는지 주시해야 합니다. 그들은 당장 금리 인하 사이클에 들어갈 겁니다. 따라서, 우리도 긴급 금통위를 언제든 열 수 있도록 준비하고 동시에 움직여야 합니다. 아마, 미국은 제로 금리까지 가야 할 겁니다. 그런 후 다른 대책도 병행하겠죠. 어쨌든 그들은 금융 시스템을 붕괴시키지 않기 위해 최선의 노력을 다할 테니까요."

"이 사람아, 기껏 대책이라고 내놓은 게 미국을 따라 움직이라는 거야!"

"지금으로서는 그것이 최상의 방법입니다. 한국의 원화는 기타 통화고, 위기가 발생하면 쓰레기로 변할 가능성이 큽니다. 그 말은 곧 한국에 금융 위기가 닥친다는 걸 의미하죠. 우리는 앞으로 발생할 금융 위기에 대비해 미리 달러 통제에 들어간 후 당장 미국, 일본과의 통화 스와프를 준비해야 합니다. 그렇지 않다면 우리나라는 커다란 위기에 직면하게 될 겁니다. 예전처럼 그냥 앉아 있다 뒤통수를 맞지 않으려면 선제적으로 움직여야 합니다. 아직 미국의 위기가 우리나라 실물경제로 파급되기까지는 시간이 남아 있습니다. 하지만 시간은 얼마 남지 않았습니다. 우리는 우리가 할 수 있는 모든 것들을 준비해야 됩니다."

이병웅은 말을 끝내고 즉시 자리에서 일어났다.

뒤에서 경제계의 거물들이 가소롭다며 떠는 목소리가 들려왔으나 그는 뚜벅뚜벅 문을 향해 걸어갔다.

어디, 너희 맘대로 해 봐.

한국의 경제를 책임지고 있다는 자들이 국가가 누란의 위기에 처했음에도 기껏 정치 먼저 생각하는 꼴을 보니 역겨워서 토가 나올 지경이었다.

*　　　*　　　*

본격적인 하락.

그리고 그동안 어떡하든 숨기고자 하던 미국언론들이 본격적으로 서브프라임 모기지론에 대한 보도를 시작했다.

언론이 몰랐을까?

분명 알고 있었을 것이다.

그동안 미국의 부동산 시장은 하락을 계속해 왔음에도 언론에서 외면했던 건 금융 메이저와의 밀착 때문임이 분명했다.

주식시장은 거침없이 하락했는데, 불과 보름 만에 다우 지수 기준으로 1,300P나 빠졌다.

머리로 돈을 버는 것이 세상에서 제일 쉽다는 건 지금 '제우스'가 올리고 있는 수익률을 보면 알 수 있다.

불과 보름 만에 '제우스'는 인버스 2X에 투자해서 1,000억을 벌어들였다.

돈이 돈을 번다는 말이 있다.

하지만 돈이 돈을 벌기 위해서는 여우 같은 지략과 호랑이 같은 용맹함, 그리고 시장을 정확하게 분석할 수 있는 눈이 필요하다.

이병웅에게는 그것이 있었고 그렇기에 돈을 벌 수 있었다.

인간은 언제나 현명한 인간과 무식한 인간으로 나뉜다.

현명한 자들은 무식한 자들의 돈을 갈취해서 부를 축적하고, 그들을 노예로 부리지.

이것이 지금 우리가 살아가는 자본주의사회다.

『전설의 투자가』 3권에 계속…